Gabriel García Márquez

Ojos de perro azul

Gabriel García Márquez, nacido en Colombia, fue una de las figuras más importantes e influyentes de la literatura universal. Ganador del Premio Nobel de Literatura, fue además cuentista, ensayista, crítico cinematográfico, autor de guiones y, sobre todo, intelectual comprometido con los grandes problemas de nuestro tiempo, en primer término con los que afectan a su amada Colombia y a Hispanoamérica en general. Máxima figura del realismo mágico, es en definitiva el hacedor de uno de los mundos narrativos más densos de significados que ha dado la lengua española en el siglo xx. Entre sus obras más importantes se encuentran las novelas *Cien años de soledad*, *El coronel no tiene quien le escriba*, *Crónica de una muerte anunciada*, *La mala hora*, *El general en su laberinto*, *El amor en los tiempos del cólera*, *Memoria de mis putas tristes*, el libro de relatos *Doce cuentos peregrinos* y la primera parte de su autobiografía, *Vivir para contarla*.

TAMBIÉN DE GABRIEL GARCÍA MÁRQUEZ

La hojarasca (1955)

El coronel no tiene quien le escriba (1961)

La mala hora (1962)

Los funerales de la Mamá Grande (1962)

Cien años de soledad (1967)

Relato de un náufrago (1970)

*La increíble y triste historia de la cándida Eréndira y de su abuela
desalmada* (1972)

Chile, el golpe y los gringos (1974)

Cuando era feliz e indocumentado (1975)

El otoño del patriarca (1975)

Todos los cuentos (1975)

Crónica de una muerte anunciada (1981)

Viva Sandino (1982)

El secuestro (guión) (1982)

El asalto: el operativo con que el FSLN se lanzó al mundo (1983)

Eréndira (guión) (1983)

El amor en los tiempos del cólera (1985)

La aventura de Miguel Littín clandestino en Chile (1986)

El general en su laberinto (1989)

Doce cuentos peregrinos (1992)

Del amor y otros demonios (1994)

Noticia de un secuestro (1997)

Vivir para contarla (2002)

Memoria de mis putas tristes (2004)

Ojos de perro azul

GABRIEL GARCÍA MÁRQUEZ

Ojos de perro azul

VINTAGE ESPAÑOL
Una división de Random House, Inc.
Nueva York

Índice

LA TERCERA RESIGNACIÓN

(1947)

Allí estaba otra vez ese ruido. Aquel ruido frío, cortante, vertical, que ya tanto conocía pero que ahora se le presentaba agudo y doloroso, como si de un día a otro se hubiera desacostumbrado a él.

Le giraba dentro del cráneo vacío, sordo y punzante. Un panal se había levantado en las cuatro paredes de su calavera. Se agrandaba cada vez más en espirales sucesivos y le golpeaba por dentro haciendo vibrar su tallo de vértebras con una vibración destemplada, desentonada, con el ritmo seguro de su cuerpo. Algo se había desadaptado en su estructura material de hombre firme; algo que «las otras veces» había funcionado normalmente y que ahora le estaba martillando la cabeza por dentro con un golpe seco y duro, dado por unos huesos de mano descarnada, esquelética, y le hacía recordar todas las sensaciones amargas de la vida. Tuvo el impulso animal de cerrar los puños y apretarse la sien brotada de arterias azules, moradas, con la firme presión de su dolor desesperado. Hubiera querido localizar entre las palmas de sus dos manos sensitivas el ruido que le estaba taladrando el momento con su aguda punta de diamante. Un gesto de gato doméstico contrajo sus músculos cuando lo imaginó perseguido por los rincones atormentados de su cabeza caliente, desgarrada por la fiebre. Ya iba a alcanzarlo. No. El ruido tenía la piel resbaladiza, intangible casi. Pero él estaba dispuesto a alcanzarlo con su estrategia bien aprendida y apretarlo larga y definitivamente con toda la fuerza de su desesperación. No permitiría que penetrara otra vez por su oído; que saliera por su boca, por cada uno de sus poros o por sus ojos que se desorbitarían a su paso y se quedarían ciegos mirando la huida del ruido desde el fondo de su desgarrada oscuridad. No permitiría que le estrujara más sus cristales molidos, sus estrellas de hielo, contra las paredes interiores del cráneo. Así era el ruido aquel: interminable como el golpear de la cabeza de un niño contra un muro de concreto. Como todos los golpes duros dados contra las cosas firmes de la naturaleza. Pero ya no le atormentaría más si pudiera cercarlo, aislarlo. Ir cortando contra su propia sombra la figura variable. Y agarrarlo. Apretarlo, ahora sí definitivamente, arrojarlo con todas sus fuerzas contra el pavimento y pisotearlo con ferocidad hasta cuando ya no pudiera moverse verdaderamente, hasta cuando pudiera decir, jadeante, que había dado muerte al ruido que lo atormentaba, que lo enloquecía y que ahora estaba tirado en el suelo como cualquier cosa común, convertido en un muerto integral.

Pero le era imposible apretarse las sienes. Sus brazos se habían reducido y eran ahora los brazos de un enano; unos brazos pequeños, regordetes, adiposos. Trató de sacudir la cabeza. La sacudió. El ruido apareció entonces con mayor fuerza dentro del cráneo que se había endurecido, agrandado y que se sentía atraído con mayor fuerza por la gravedad. Estaba pesado y duro aquel ruido. Tan pesado y duro que de haberlo alcanzado y destruido habría tenido la impresión de estar deshojando una flor de plomo.

Había sentido ese ruido «las otras veces», con la misma insistencia. Lo había sentido, por ejemplo, el día en que murió por primera vez. Cuando –ante la vista de un cadáver– se dio cuenta de que era su propio cadáver. Lo miró y se palpó. Se sintió intangible, inespacial, inexistente. Él era verdaderamente un cadáver y estaba sintiendo ya, sobre su cuerpo joven y enfermizo, el tránsito de la muerte. La atmósfera se había endurecido en toda la casa como si hubiera sido rellena de cemento, y en medio de aquel bloque –en el que había dejado los objetos como cuando era una atmósfera de aire– estaba él, cuidadosamente colocado dentro del ataúd de un cemento duro pero transparente. Aquella vez en su cabeza estaba también «ese ruido». Qué lejanas y qué frías sentía las plantas de sus pies, allá, en el otro extremo del ataúd, donde habían puesto una almohada, porque la caja le quedaría aún demasiado grande y hubo que ajustarlo, adaptar el cuerpo muerto a su nuevo y último vestido. Lo cubrieron de blanco y alrededor de su mandíbula apretaron un pañuelo. Se sintió bello envuelto en su mortaja; mortalmente bello.

Estaba en su ataúd, listo a ser enterrado, y sin embargo, él sabía que no estaba muerto: que si hubiera tratado de levantarse lo hubiera hecho con toda facilidad. Al menos «espiritualmente». Pero no valía la pena. Era mejor dejarse morir allí: morirse de «muerte», que era su enfermedad. Hacía tiempo que el médico había dicho a su madre, secamente:

–Señora, su niño tiene una enfermedad grave: está muerto. Sin embargo –prosiguió–, haremos todo lo posible por conservarle la vida más allá de su muerte. Lograremos que continúen sus funciones orgánicas por un complejo sistema de autonutrición. Sólo variarán las funciones motrices, los movimientos espontáneos. Sabremos de su vida por el crecimiento que continuará también normalmente. Es simplemente «una muerte viva». Una real y verdadera muerte...

Recordaba las palabras, pero confundidas. Tal vez no las oyó nunca y fue creación de su cerebro cuando subía la temperatura en las crisis de la fiebre tifoidea. Cuando se sumergía en el delirio. Cuando leía la historia de los faraones embalsamados. Al subir la fiebre, él mismo se sentía protagonista de ella. Allí había empezado una especie de vacío en su vida. Desde entonces no podía distinguir, recordar cuáles acontecimientos eran parte de su delirio y cuáles de su vida real. Por tanto, ahora dudaba. Tal vez el médico nunca habló de esa extraña «muerte viva». Es ilógica, paradojal, sencillamente contradictoria. Y eso lo hacía sospechar ahora que, efectivamente, estaba muerto de verdad. Que hacía dieciocho años que lo estaba.

Desde entonces –en el tiempo de su muerte tenía siete años–, su madre le mandó hacer un ataúd pequeño, de madera verde; un ataúd para un niño. Pero el médico ordenó que le hicieran una caja más grande, una caja para un adulto normal, pues aquella, pequeña, podría atrofiar el crecimiento y llegaría a ser un muerto deforme o un vivo anormal. O la detención del crecimiento impediría darse cuenta de la mejoría. En vista de aquella advertencia, su madre le hizo construir un ataúd grande, para un cadáver adulto, y le colocó tres almohadas a los pies, con el fin de ajustarlo.

Pronto empezó a crecer dentro de la caja, de tal manera que cada año podían sacarle un poco de lana a la almohada extrema para darle margen al crecimiento. Había pasado así media vida. Dieciocho años (ahora tenía veinticinco). Y había llegado a su estatura definitiva, normal. El carpintero y el médico se equivocaron en el cálculo e hicieron el ataúd medio metro más grande. Supusieron que él tendría la estatura de su padre, que era un gigante semibárbaro. Pero no fue así. Lo único que de él heredó fue la barba poblada. Una barba azul, espesa, que su madre acostumbraba arreglar para verlo decentemente dentro de su ataúd. Esa barba le molestaba terriblemente en los días de calor.

Pero había algo que le preocupaba más que «¡ese ruido!». Eran los ratones. Precisamente, cuando niño, nada había en el mundo que le preocupara más, que le produjera más terror que los ratones. Y eran precisamente esos animales asquerosos los que habían acudido al olor de las bujías que ardían a sus pies. Ya habían roído sus ropas y sabía que muy pronto empezarían a roerlo a él, a comerse su cuerpo. Un día pudo verlos: eran cinco ratones lucios, resbaladizos, que subían a la caja por la pata de la mesa y lo estaban devorando. Cuando su madre lo advirtiera, no quedarían ya de él sino los escombros, los huesos duros y fríos. Lo que más horror le producía no era exactamente que se lo comieran los ratones. Al fin y al cabo podría seguir viviendo con su esqueleto. Lo que lo atormentaba era el terror innato que sentía hacia esos animalitos. Se le erizaba la piel con sólo pensar en esos seres velludos que recorrían todo su cuerpo, que penetraban por los pliegues de su piel y le rozaban los labios con sus patas heladas. Uno de ellos subió hasta sus párpados y trató de roer su córnea. Le vio grande, monstruoso, en su lucha desesperada por taladrarle la retina. Creyó entonces una nueva muerte y se entregó, todo entero, a la inminencia del vértigo.

Recordó que había llegado a la mayor edad. Tenía veinticinco años y eso significaba que no crecería ya más. Sus facciones se volverían firmes, serias. Pero cuando estuviera sano no podría hablar de su infancia. No la había tenido. La pasó muerto.

Su madre había tenido rigurosos cuidados durante el tiempo que duró la transición de la infancia a la pubertad. Se preocupó por la higiene perfecta del ataúd y de la habitación en general. Cambiaba frecuentemente las flores de los jarrones y abría las ventanas todos los días para que penetrara el aire fresco. Con qué satisfacción miró la cinta métrica en aquel tiempo, cuando, después de medirlo, ¡comprobaba que había crecido varios centímetros! Tenía la maternal satisfacción de verlo vivo. Cuidó, asimismo, de evitar la presencia de extraños en la casa. Al fin y al cabo era desagradable y misteriosa la existencia de un muerto por largos años en una habitación familiar. Fue una mujer abnegada. Pero muy pronto empezó a decaer su optimismo. En los últimos años, la vio mirar con tristeza la cinta métrica. ¡Su niño no crecía ya más! En los meses pasados no progresó el crecimiento un milímetro siquiera. Su madre sabía que iba a ser difícil ahora encontrar la manera de advertir la presencia de la vida en su muerto querido. Tenía el temor de que una mañana amaneciera «realmente» muerto, y tal vez por eso aquel día él pudo observar que se acercaba a su caja, discretamente, y olfateaba su cuerpo. Había caído en una crisis de pesimismo. Últimamente descuidó las atenciones, y ya ni siquiera tenía la precaución de llevar la cinta métrica. Sabía que ya no crecería más.

Y él sabía que ahora estaba «realmente» muerto. Lo sabía por aquella apacible tranquilidad con que su organismo se dejaba llevar. Todo había cambiado intempestivamente. Los latidos imperceptibles, que sólo él podía percibir, se habían desvanecido ahora de su pulso. Se sentía pesado, atraído por una fuerza reclamadora y potente hacia la primitiva sustancia de la tierra. La fuerza de gravedad parecía atraerlo ahora con un poder irrevocable. Estaba pesado como un cadáver positivo, innegable. Pero estaba más descansado así. Ni siquiera tenía que respirar para vivir su muerte.

Imaginariamente, sin tocarse, recorrió uno a uno cada uno de sus miembros. Allí, sobre una almohada dura, estaba su cabeza levemente vuelta hacia la izquierda. Imaginó su boca entreabierta por la delgada orilla de frío que le llenaba la garganta de granizo. Estaba tronchado como un árbol de venticinco años. Quizá trató de cerrar la boca. El pañuelo que había apretado a su quijada estaba flojo. No pudo colocarse, componerse, tomar una «pose» siquiera para parecer un muerto decente. Ya los músculos, los miembros, no acudían como antes, puntuales al llamado de su sistema nervioso. Ya no era el de dieciocho años atrás, un niño normal que podía moverse a gusto. Sintió sus brazos caídos, tumbados para siempre, apretados contra las paredes acojinadas del ataúd. Su vientre duro como una corteza de nogal. Y más allá las piernas íntegras, exactas, complementando su perfecta anatomía de adulto. Su cuerpo reposaba con pesadez, pero apaciblemente, sin malestar alguno, como si el mundo se hubiera detenido de repente y nadie interrumpiera el silencio; como si todos los pulmones de la tierra hubieran dejado de respirar para no interrumpir la liviana quietud del aire. Se sentía feliz como un niño bocarriba sobre la hierba fresca y apretada contemplando una nube alta que se aleja por el cielo de la tarde. Era feliz aunque sabía que estaba muerto, que reposaba para siempre en su caja recubierta de seda artificial. Tenía una gran lucidez. No era como antes, después de su primera muerte, en que se sintió embotado, bruto. Las cuatro bujías que habían puesto en derredor suyo, y que eran renovadas cada tres meses, empezaban a agotarse nuevamente; precisamente cuando iban a ser indispensables. Sintió la vecindad de la frescura en las violetas húmedas que su madre había llevado aquella mañana. La sintió en las azucenas, en las rosas. Pero toda aquella terrible realidad no le causaba ninguna inquietud; al contrario, era feliz allí, solo con su soledad. ¿Sentiría miedo después?

Quién sabe. Era duro pensar en el momento en que el martillo golpeara los clavos sobre la madera verde y crujiera el ataúd bajo la esperanza segura de volver a ser árbol. Su cuerpo, atraído ahora con mayor fuerza por el imperativo de la tierra, quedaría ladeado en un fondo húmedo, arcilloso y blando, y allá arriba, sobre cuatro metros cúbicos, se irían apagando los últimos golpes de los sepultureros. No. Allí tampoco sentiría miedo. Eso sería la prolongación de su muerte, la prolongación más natural de su nuevo estado.

No quedaría ya ni un grado de calor en su cuerpo, su médula se habría enfriado para siempre, y unas estrellitas de hielo penetrarían hasta el tuétano de sus huesos. ¡Qué bien se acostumbraría a su nueva vida de muerto! Un día –sin embargo– sentirá que se derrumba su armadura sólida; y cuando trate de citar, de repasar cada uno de sus miembros, ya no los encontrará. Sentirá que no tiene forma exacta, definida, y sabrá resignadamente que ha perdido su perfecta anatomía de veinticinco años y que se ha convertido en un puñado de polvo sin forma, sin definición geométrica.

En el polvillo bíblico de la muerte. Acaso sienta entonces una ligera nostalgia; nostalgia de no ser un cadáver formal, anatómico, sino un cadáver imaginario, abstracto, armado únicamente en el recuerdo borroso de sus parientes. Sabrá entonces que va a subir por los vasos capilares de un manzano y a despertarse mordido por el hambre de un niño en una manzana otoñal. Sabrá entonces –y eso sí le entristecía– que ha perdido su unidad: que ya no es –siquiera– un muerto ordinario, un cadáver común.

La última noche la había pasado feliz, en la solitaria compañía de su propio cadáver.

Pero al nuevo día, al penetrar los primeros rayos de sol tibio por la ventana abierta, sintió que su piel se había reblandecido. Observó un momento. Quieto, rígido. Dejó que el aire corriera sobre su cuerpo. No pudo dudarlo: allí estaba el «olor». Durante la noche la cadaverina había empezado a hacer sus efectos. Su organismo había empezado a descomponerse, a pudrirse, como el cuerpo de todos los muertos. El «olor» era, indudablemente, un olor inconfundible a carne manida, que desaparecía y reaparecía después más penetrante. Su cuerpo se había descompuesto con el calor de la noche anterior. Sí. Se estaba pudriendo. Dentro de pocas horas vendría su madre a cambiar las flores y desde el umbral la azotaría el tufo de la carne descompuesta. Entonces sí lo llevarían a dormir su segunda muerte entre los otros muertos.

Pero de pronto el miedo le dio una puñalada por la espalda. ¡El miedo! ¡Qué palabra tan honda, tan significativa! Ahora tenía miedo; un miedo «físico», verdadero. ¿A qué se debía? Él lo comprendía perfectamente y se le estremecía la carne: probablemente no estaba muerto. Lo habían metido allí, en esa caja que ahora sentía perfectamente, blanda, acolchonada, terriblemente cómoda; y el fantasma del miedo le abrió la ventana de la realidad: ¡lo iban a enterrar vivo!

No podía estar muerto porque se daba cuenta exacta de todo; de la vida que giraba en torno suyo, murmurante. Del olor tibio de los heliotropos que penetraba por la ventana abierta y se confundía con el otro «olor». Se daba perfecta cuenta del lento caer del agua en el estanque. Del grillo que se había quedado en el rincón y seguía cantando, creyendo que aún duraba la madrugada.

Todo le negaba su muerte. Todo menos el «olor». Pero, ¿cómo podía saber que ese olor era suyo? Tal vez su madre había olvidado el día anterior cambiar el agua de los jarrones, y los tallos estaban pudriéndose. O tal vez el ratón, que el gato había arrastrado hasta su pieza, se descompuso con el calor. No. El «olor» no podía ser de su cuerpo.

Hacía unos momentos estaba feliz con su muerte, porque creía estar muerto. Porque un muerto puede ser feliz con su situación irremediable. Pero un vivo no puede resignarse a ser enterrado vivo. Sin embargo, sus miembros no respondían a su llamado. No podía expresarse y era eso lo que le causaba terror; el mayor terror de su vida y de su muerte. Lo enterrarían vivo. Podría sentir. Darse cuenta del momento en que clavaran la caja. Sentiría el vacío del cuerpo suspendido en hombros de los amigos, mientras su angustia y su desesperación se irían agrandando a cada paso de la procesión.

Inútilmente tratará de levantarse, de llamar con todas sus fuerzas desfallecidas, de golpear por dentro del ataúd oscuro y estrecho para que supieran que aún vivía, que iban a enterrarlo vivo. Sería inútil; allí tampoco responderían sus miembros al urgente y último llamado de su sistema nervioso.

Oyó ruidos en la pieza contigua. ¿Estaría dormido? ¿Habría sido una pesadilla toda esa vida de muerto? Pero el ruido de la vajilla no continuó. Se puso triste y quizá tuvo disgusto por ello. Hubiera querido que todas las vajillas de la tierra se quebraran de un solo golpe, allí a su lado, para despertar por una causa exterior, ya que su voluntad había fracasado.

Pero no. No era un sueño. Estaba seguro de que de haber sido un sueño no habría fallado el último intento de volver a la realidad. Él no despertaría ya más. Sentía la blandura del ataúd y el «olor» había vuelto ahora con mayor fuerza, con tanta fuerza, que ya no dudaba de que era su propio olor. Hubiera querido ver allí a sus parientes, antes que comenzara a deshacerse, y el espectáculo de la carne putrefacta les produjera asco. Los vecinos huirían espantados del féretro con un pañuelo en la boca. Escupirían. No. Eso no. Era mejor que lo enterraran. Era preferible salir de «eso» cuanto antes. Él mismo quería ahora deshacerse de su propio cadáver. Ahora sabía que estaba verdaderamente muerto, o al menos inapreciablemente vivo. Daba lo mismo. De todos modos persistía el «olor».

Resignado oiría las últimas oraciones, los últimos latinajos mal respondidos por los acólitos. El frío lleno de polvo y de huesos del cementerio penetrará hasta sus huesos y tal vez disipe un poco ese «olor». Tal vez –¡quién sabe!– la inminencia del momento le haga salir de ese letargo. Cuando se sienta nadando en su propio sudor, en un agua viscosa, espesa, como estuvo nadando antes de nacer en el útero de su madre. Tal vez entonces esté vivo.

Pero estará ya tan resignado a morir, que acaso muera de resignación.

EVA ESTÁ DENTRO DE SU GATO

(1947)

De pronto notó que se le había derrumbado su belleza. Aquella amarga belleza que llegó a dolerle físicamente como un tumor o como un cáncer. Todavía recordaba el peso de ese privilegio que llevó sobre su cuerpo durante la adolescencia y que ahora había dejado caer –¡quién sabe dónde!– con un cansancio resignado, con un último gesto de animal decadente. Era imposible seguir soportando esa carga por más tiempo. Había que dejar en cualquier parte ese inútil adjetivo de su personalidad; ese pedazo de su propio nombre que a fuerza de acentuarse había llegado a sobrar. Sí; había que abandonar la belleza en cualquier parte; a la vuelta de una esquina, en un rincón suburbano. O dejarla olvidada en el ropero de un restaurante de segunda clase como un viejo abrigo inservible. Estaba cansada de ser el centro de todas las atenciones, de vivir asediada por los ojos largos de los hombres. En la noche, cuando clavaba en sus párpados los alfileres del insomnio, hubiera deseado ser mujer ordinaria, sin atractivos. Dentro de las cuatro paredes de su habitación, todo le era hostil. Desesperada, sentía prolongarse la vigilia por debajo de su piel, por su cabeza, empujando la fiebre hacia arriba, hacia la raíz de su cabello. Era como si sus arterias se hubieran poblado de unos insectos diminutos y calientes que con la cercanía de la madrugada, diariamente, se despertaran y recorrían con sus patas movedizas, en una desgarradora aventura subcutánea, ese pedazo de barro frutecido donde se había localizado su belleza anatómica. En vano luchaba por ahuyentar aquellos animales terribles. No podía. Eran parte de su propio organismo. Habían estado allí, vivos, desde mucho antes de su existencia física. Venían desde el corazón de su padre, que los había alimentado dolorosamente en sus noches de soledad desesperada. O tal vez habían desembocado a sus arterias por el cordón que la llevó atada a su madre desde el principio del mundo. Era indudable que esos insectos no habían nacido espontáneamente dentro de su cuerpo. Ella sabía que venían de atrás, que todos los que llevaron su apellido tuvieron que soportarlos, que tuvieron que sufrirlos como ella cuando el insomnio se hacía invencible hasta la madrugada. Eran esos insectos los mismos que pintaban ese gesto amargo, esa tristeza inconsolable en el rostro de sus antepasados. Ella los había visto mirar desde su apagada existencia, desde su retrato antiguo, víctima de esa misma angustia. Todavía recordaba el rostro inquietante de la bisabuela que, desde su lienzo envejecido, pedía un minuto de descanso, un segundo de paz a esos insectos que allá, en los canales de su sangre, seguían martirizándola y embelleciéndola despiadadamente. No; esos insectos no eran suyos. Venían transmitiéndose de generación a generación, sosteniendo con su diminuta armadura todo el prestigio de una casta selecta, dolorosamente selecta. Esos insectos habían nacido en el vientre de la primera madre que tuvo una hija bella. Pero era necesario, urgente, detener esa herencia. Alguien tenía que renunciar a seguir transmitiendo esa belleza artificial. De nada valía a las mujeres de su estirpe admirarse de sí mismas al regresar del espejo, si durante las noches esos animales hacían su labor lenta y eficaz, sin descanso, con una constancia de siglos. Ya no era una belleza, era una enfermedad que había que detener, que había que cortar en forma enérgica y radical.

Todavía recordaba las horas interminables en aquel lecho sembrado de agujas calientes. Aquellas noches en que ella trataba de empujar el tiempo para que con la llegada del día esas bestias dejaran de doler. ¿De qué servía una belleza así? Noche a noche, hundida en su desesperación, pensaba que más le hubiera valido ser una mujer vulgar, o ser hombre; pero no tener esa virtud inútil, alimentada por insectos de remotos orígenes que le estaban precipitando la llegada irrevocable de la muerte. Tal vez sería feliz si tuviera el mismo desgarbo, esa misma fealdad desolada de su amiga checoslovaca que tenía nombre de perro. Más le hubiera valido ser fea, para tener un sueño apacible como el de cualquier cristiano.

Maldijo a sus antepasados. Ellos tenían la culpa de su vigilia. Ellos que habían transmitido esa belleza invariable, exacta, como si después de muertas las madres sacudieran y renovaran las cabezas para injertarlas en los troncos de las hijas. Era como si la misma cabeza, una cabeza sola, hubiera venido transmitiéndose con unas mismas orejas, con igual nariz, con idéntica boca, con su pesada inteligencia, en todas las mujeres, quienes tenían que recibirla irremediablemente como un doloroso patrimonio de belleza. Era allí, en la transmisión de la cabeza, donde venía ese microbio eterno que al través de las generaciones se había acentuado, había tomado personalidad, fuerza, hasta convertirse en un ser invencible, en una enfermedad incurable que al llegar a ella, después de haber pasado por un complicado proceso de censuración, ya ni podía soportarse y era amarga y dolorosa... Exactamente como un tumor o como un cáncer.

En esas horas de desvelo era cuando se acordaba de las cosas desagradables a su fina sensibilidad. Recordaba esos objetos que constituían el universo sentimental donde se habían cultivado, como en un caldo químico, aquellos microbios desesperantes. En esas noches, con los redondos ojos abiertos y asombrados, soportaba el peso de la oscuridad que caía sobre sus sienes como un plomo derretido. En derredor suyo dormían todas las cosas. Y desde su rincón, ella trataba de repasar, para distraer su sueño, sus recuerdos infantiles.

Pero siempre esa recordación terminaba con un terror por lo desconocido. Siempre su pensamiento, después de vagar por los oscuros rincones de la casa, se encontraba frente a frente con el miedo. Entonces empezaba la lucha. La verdadera lucha contra tres enemigos inconmovibles. No podría –no, no podría jamás– sacudir el miedo de su cabeza. Tenía que soportarlo apretado a su garganta. Y todo por vivir en ese caserón antiguo, por dormir sola en aquel rincón, apartada del resto del mundo.

Siempre su pensamiento se iba por los húmedos pasadizos oscuros, sacudiendo de los retratos el polvo seco cubierto de telarañas. Ese polvo inquietante y tremendo que caía de arriba, desde ese sitio en que se estaban deshaciendo los huesos de sus antepasados. Invariablemente se acordaba del «niño». Allá lo imaginaba, sonámbulo, debajo de la hierba, en el patio, junto al naranjo, con un puñado de tierra mojada dentro de la boca. Le parecía verlo en su fondo arcilloso, cavando hacia arriba con las uñas, con los dientes, huyéndole al frío que le mordía la espalda; buscando la salida al patio por ese pequeño túnel donde lo habían metido con los caracoles. En el invierno lo oía llorar con su llanto chiquito, sucio de barro, traspasado por la lluvia. Lo imaginaba completo. Tal como lo habían dejado cinco años atrás, en aquel hueco lleno de agua. No podía pensar que se hubiera descompuesto. Al contrario, debía ser bellísimo navegando en esa agua espesa como en un viaje sin salida. O lo veía vivo pero asustado, miedoso de sentirse solo, enterrado en un patio tan sombrío. Ella misma se había opuesto a que lo dejaran allí, debajo del naranjo, tan cercano a la casa. Le tenía miedo. Sabía que en las noches en que le persiguiera la vigilia él lo adivinaría. Regresaría por los anchos corredores a pedirle que lo acompañara, a pedirle que le defendiera de esos otros insectos que se estaban comiendo la raíz de sus violetas. Volvería a que lo dejara dormir a su lado como cuando era vivo. Ella tenía miedo de sentirlo de nuevo a su lado después de haber saltado el muro de la muerte. Tenía miedo de robar esas manos que «el niño» traería siempre cerradas para calentar su pedacito de hielo. Ella quería, después de que lo vio convertido en cemento, como la estatua del miedo tumbada sobre el limo, quería que se lo llevaran lejos para no recordarlo en la noche. Y sin embargo, lo habían dejado allí, donde ahora estaba imperturbable, astroso, alimentando su sangre con el barro de las lombrices. Y ella tenía que resignarse a verlo regresar desde su fondo de tinieblas. Porque siempre, invariablemente, cuando se desvelaba, se ponía a pensar en el «niño», que debía estar llamándola desde su pedazo de tierra para que lo ayudara a fugarse de esa muerte absurda.

Pero ahora, en su nueva vida intemporal e inespacial, estaba más tranquila. Sabía que allá, fuera de su mundo, todo seguiría marchando con el mismo ritmo de antes; que su habitación debía de estar aún sumida en la madrugada, y que sus cosas, sus muebles, sus trece libros favoritos, permanecían en su puesto. Y que en su lecho, desocupado, apenas empezaba a desvanecerse el aroma corpóreo que ocupaba ahora su vacío de mujer entera. Pero, ¿cómo pudo suceder «eso»? ¿Cómo ella, después de ser una mujer bella, con la sangre poblada de insectos, perseguida por el miedo en la noche total, había dejado la pesadilla inmensa, insomne, para ingresar ahora a un mundo extraño, desconocido, en donde habían sido eliminadas todas las dimensiones? Recordó. Aquella noche –la de su tránsito– había más frío que de costumbre y ella estaba sola en la casa, martirizada por el insomnio. Nadie perturbaba el silencio y el olor que subía del jardín era un olor a miedo. El sudor brotaba de su cuerpo como si la sangre de sus arterias se estuviera derramando con su carga de insectos. Deseaba que alguien pasara por la calle, alguien que gritara, que rompiera aquella atmósfera detenida. Que se moviera algo en la naturaleza, que volviera la Tierra a girar alrededor del Sol. Pero fue inútil. Ni siquiera despertarían esos hombres imbéciles que se habían quedado dormidos debajo de su oreja, dentro de la almohada. Ella también estaba inmóvil. Las paredes manaban un fuerte olor a pintura fresca, ese olor espeso, grande, que no se siente con el olfato sino con el estómago. Y sobre la mesa el reloj único, golpeando el silencio con su máquina mortal. «¡El tiempo..., oh, el tiempo...!», suspiró ella recordando a la muerte. Y allá, en el patio, debajo del naranjo, seguía llorando «el niño» con su llanto chiquito desde el otro mundo.

Acudió a todas sus creencias. ¿Por qué no amanecía en aquel momento o se moría de una vez? Nunca creyó que la belleza fuera a costarle tantos sacrificios. En aquel momento –como de costumbre– seguía doliéndole por encima del miedo. Y por debajo del miedo seguían martirizándola esos implacables insectos. La muerte se le había apretado a la vida como una araña que la mordía rabiosamente, dispuesta a hacerla sucumbir. Pero estaba demorando el último instante. Sus manos, esas manos que los hombres apretaban imbécilmente, con manifiesta nerviosidad animal, estaban inmóviles, paralizadas por el miedo, por ese terror irracional que venía de adentro, sin ningún motivo, sólo por saberse abandonada en aquella casa antigua. Trató de reaccionar y no pudo. El miedo la había absorbido totalmente y continuaba allí, fijo, tenaz, casi corpóreo; como si fuera una persona invisible que se había propuesto no salir de su habitación. Y lo que más la intranquilizaba era que ese miedo no tuviera justificación alguna, que fuera un miedo único, sin razón, un miedo porque sí.

La saliva se había vuelto espesa en su lengua. Era mortificante entre sus dientes esa goma dura que se le pegaba al paladar y fluía sin que ella pudiera contenerla. Era un deseo distinto a la sed. Un deseo superior que estaba experimentando por primera vez en su vida. Por un momento se olvidó de su belleza, de su insomnio y de su miedo irracional. Se desconoció a sí misma. Por un instante creyó que habían salido los microbios de su cuerpo. Sentía que se habían venido pegados a su saliva. Sí; todo eso estaba muy bien. Bien que los insectos la hubieran despoblado y que ahora pudiera dormir, pero era necesario encontrar un medio para disolver aquella resina que le embotaba la lengua. Si pudiera llegar hasta la despensa y... ¿Pero en qué estaba pensando? Tuvo un golpe de sorpresa. Nunca había sentido «ese deseo». La urgencia de la acidez la había debilitado, volviendo inútil la disciplina que había seguido fielmente durante tantos años, desde el día en que sepultaron a «el niño». Era una tontería, pero sentía asco de comerse una naranja. Sabía que «el niño» había subido hasta los azahares y que las frutas del próximo otoño estarían hinchadas de su carne, refrescada con la tremenda frescura de su muerte. No. No podía comerlas. Sabía que debajo de cada naranjo en todo el mundo, había un niño enterrado que endulzaba las frutas con la cal de sus huesos. Sin embargo, ahora tenía que comerse una naranja. Era el único remedio para esa goma que la estaba ahogando. Era una tontería pensar que «el niño» estaba dentro de una fruta. Aprovecharía ese momento en que la belleza había dejado de dolerle para llegar hasta la despensa. Pero... ¿no era raro aquello? Era la primera vez en su vida que sentía verdaderos deseos de comerse una naranja. Se puso alegre, alegre. Ah, ¡qué placer! Comerse una naranja. No sabía por qué, pero nunca tuvo un deseo más imperativo. Se levantaría, feliz de ser otra vez una mujer normal, cantando alegremente llegaría hasta la despensa: cantando alegremente, como una mujer nueva, recién nacida. Llegaría inclusive hasta el patio y...

... Su recuerdo se tronchaba de pronto. Recordaba que había tratado de levantarse y que ya no estaba en su cama, que había desaparecido su cuerpo, que no estaban allí sus trece libros favoritos y que ella no era ya ella. Ahora estaba incorpórea, flotando, vagando sobre una nada absoluta, convertida en un punto amorfo, pequeñísimo, sin dirección. No podía precisar lo sucedido. Estaba confundida. Sólo tenía la sensación de que alguien la había empujado al vacío desde lo alto de un precipicio. Y nada más. Pero ahora no sentía ninguna reacción. Se sentía convertida en un ser abstracto, imaginario. Se sentía convertida en una mujer incorpórea; algo como si de pronto hubiera ingresado en ese alto y desconocido mundo de los espíritus puros.

Volvió a tener miedo. Pero era un miedo distinto al del momento anterior. Ya no era el miedo al llanto de «el niño». Era un terror por lo extraño, por lo misterioso y desconocido de su nuevo mundo. ¡Y pensar que después de todo eso había sucedido tan inocentemente, con tanta ingenuidad de su parte! ¿Qué iba a decir a su madre cuando al llegar a la casa se fuera a enterar de lo acontecido? Empezó a pensar en la alarma que se produciría en los vecinos cuando abrieran la puerta de su habitación y descubrieran que el lecho estaba vacío, que las cerraduras no habían sido tocadas, que nadie había podido entrar o salir y que, sin embargo, ella no estaba allí. Imaginó el gesto desesperado de su madre buscándola por toda la habitación, haciendo conjeturas, preguntándose a sí misma «qué habría sido de esa niña». La escena se le presentaba clara. Acudirían los vecinos y empezarían a tejer comentarios –algunos maliciosos– sobre su desaparición. Cada cual pensaría según su propio y particular modo de pensar. Cada cual trataría de dar la explicación más lógica, la más aceptable al menos, en tanto que su madre correría por los pasadizos del caserón, desesperada, llamándola por su nombre.

Y ella estaría allí. Contemplaría el momento, detalle a detalle, desde un rincón, desde el techo, desde las hendiduras del muro, desde cualquier parte; desde el ángulo más propicio, escudada por su estado incorpóreo, en su inespacialidad. La intranquilizaba pensarlo. Ahora se daba cuenta de su error. No podría dar ninguna explicación, aclarar nada, consolar a nadie. Ningún ser vivo podría ser informado de su transformación. Ahora –quizá la única vez que los necesitaba– no tendría una boca, unos brazos, para que todos supieran que ella estaba allí, en su rincón, separada del mundo tridimensional por una distancia insalvable. En su nueva vida estaba aislada, totalmente impedida de captar sensaciones. Pero a cada momento algo vibraba en ella, un estremecimiento que la recorría, inundándola, la hacía saber de ese otro universo físico que se movía fuera de su mundo. No oía, no veía, pero sabía de ese sonido y de esa visión. Y allá, en la altura de su mundo superior, empezó a saber que un ambiente de angustia la rodeaba.

Hacía apenas un segundo –de acuerdo con nuestro mundo temporal– que se había realizado el tránsito, de manera que sólo ahora empezaba ella a conocer las modalidades, las características de su nuevo mundo. En torno suyo giraba una oscuridad absoluta, radical. ¿Hasta cuándo durarían esas tinieblas? ¿Tendría que acostumbrarse a ellas eternamente? Su angustia aumentó de concentración al saberse hundida en esa niebla espesa, impenetrable: ¿estaría en el limbo? Se estremeció. Recordó todo lo que había oído decir alguna vez sobre el limbo. Si en verdad estaba allí, a su lado flotaban otros espíritus puros de niños que murieron sin bautismo, que habían estado muriendo durante mil años. Trató de buscar en la sombra la vecindad de esos seres que debían ser mucho más puros, mucho más simples que ella. Aislados por completo del mundo físico, condenados a una vida sonámbula y eterna. Tal vez estaba «el niño» persiguiendo una salida para llegar hasta su cuerpo.

Pero no. ¿Por qué tendría que estar en el limbo? ¿Acaso había muerto? No. Simplemente fue un cambio de estado, un tránsito normal del mundo físico a un mundo más fácil, descomplicado, en el que habían sido eliminadas todas las dimensiones.

Ahora no tenía que sufrir esos insectos subcutáneos. Su belleza se había derrumbado. Ahora, en esa situación elemental, podía ser feliz. Aunque... –¡oh!– no completamente feliz porque ahora su más grande deseo, el deseo de comerse una naranja, se había hecho irrealizable. Era por lo único que hubiera querido estar todavía en su primera vida. Para poder satisfacer la urgencia de la acidez que persistía aun después del tránsito. Trató de orientarse a fin de llegar hasta la despensa y sentir, siquiera, la fresca y agria compañía de las naranjas. Fue entonces cuando descubrió una nueva modalidad de su mundo: estaba en todas partes de la casa, en el patio, en el techo, debajo del naranjo donde dormía «el niño». Estaba en todo el mundo físico más allá. Y sin embargo, no estaba en ninguna parte. De nuevo se intranquilizó. Había perdido el control sobre sí misma. Ahora estaba sometida a una voluntad superior, era un ser inútil, absurdo, inservible. Sin saber por qué, empezó a ponerse triste. Casi comenzó a sentir nostalgia por su belleza: por esa belleza que ella había desperdiciado tontamente.

Pero una idea suprema la reanimó. ¿No había oído decir acaso que los espíritus puros pueden penetrar a voluntad en cualquier cuerpo? Después de todo, ¿qué perdía con intentarlo? Trató de recordar cuál de los habitantes de la casa podría ser sometido a la prueba. Si lograba realizar su propósito quedaría satisfecha: podría comerse la naranja. Recordó. A esa hora la gente del servicio no acostumbraba estar allí. Su madre no había llegado todavía. Pero la necesidad de comerse una naranja, unida ahora a la curiosidad de verse encarnada en un cuerpo distinto al suyo, la obligaba a actuar cuanto antes. Pero no había allí nadie en quien encarnarse. Era una razón desoladora: no había nadie en la casa. Tendría que vivir eternamente aislada del mundo exterior, en su mundo adimensional, sin poder comerse la primera naranja. Y todo por una tontería. Hubiera sido mejor seguir soportando unos años más esa belleza hostil y no anularse para siempre, inutilizarse como una bestia vencida. Pero ya era demasiado tarde.

Iba a retirarse, decepcionada, a una región distante del universo, a una comarca donde pudiera olvidarse de todos sus pasados deseos terrenos. Pero algo la hizo desistir bruscamente. En su comarca desconocida se abrió la promesa de un futuro mejor. Sí, había alguien en la casa en quien podría reencarnarse: ¡en el gato! Vaciló luego. Era difícil resignarse a vivir dentro de un animal. Tendría una piel suave, blanca, y habría en sus músculos concentrada una gran energía para el salto. En la noche sentiría brillar sus ojos en la sombra como dos brasas verdes. Y tendría unos dientes blancos, agudos, para sonreírle a su madre desde su corazón felino, con una ancha y buena sonrisa animal. ¡Pero no...! No podía ser. Se imaginó de pronto metida dentro del cuerpo del gato, recorriendo otra vez los pasadizos de la casa, manejando cuatro patas incómodas y aquella cola que se movería suelta, sin ritmo, ajena a su voluntad. ¿Cómo sería la vida de esos ojos verdes y luminosos? En la noche se iría a maullarle al cielo para que no derramara su cemento enlunado sobre el rostro de «el niño» que estaría bocarriba bebiéndose el rocío. Tal vez en su situación de gato también sentía miedo. Y tal vez, al fin de todo, no podría comerse la naranja con esa boca carnívora. Un frío venido de allí mismo, nacido en la propia raíz de su espíritu, tembló en su recuerdo. No. No era posible encarnarse en el gato. Tenía miedo de sentir un día en su paladar, en su garganta, en todo su organismo cuadrúpedo, el deseo irrevocable de comerse un ratón. Probablemente cuando su espíritu empiece a poblar el cuerpo del gato ya no sentiría deseos de comerse una naranja, sino el repugnante y vivo deseo de comerse un ratón. Se estremeció al imaginarlo preso entre sus dientes después de la cacería.

Lo sintió debatirse en sus últimos intentos de fuga, tratando de liberarse para llegar otra vez hasta su cueva. No. Todo menos eso. Era preferible seguir allí eternamente, en ese mundo lejano y misterioso de los espíritus puros.

Pero era difícil resignarse a vivir olvidada para siempre. ¿Por qué tenía que sentir deseos de comerse un ratón? ¿Quién primaría en esa síntesis de mujer y gato? ¿Primaría el instinto animal, primitivo, del cuerpo, o la voluntad pura de mujer? La respuesta fue clara, cristalina. Nada había que temer. Se encarnaría en el gato y se comería su deseada naranja. Además sería un ser extraño, un gato con inteligencia de mujer bella. Volvería a ser el centro de todas las atenciones... Fue entonces, por primera vez, cuando comprendió que por sobre todas sus virtudes estaba imperando su vanidad de mujer metafísica.

Como un insecto cuando pone en guardia sus antenas, así orientó ella su energía por toda la casa en busca del gato. A esa hora debía estar aún sobre la estufa soñando que despertará con un tallo de valeriana entre los dientes. Pero no estaba allí. Volvió a buscarlo, pero ya no encontró la estufa. La cocina no era la misma. Los rincones de la casa le eran extraños; ya no eran aquellos oscuros rincones llenos de telaraña. El gato no estaba en ninguna parte. Buscó por los tejados, en los árboles, en los canales, debajo de la cama, en la despensa. Todo lo encontró confundido. Donde creyó encontrar, otra vez, los retratos de sus antepasados, no encontró sino un frasco con arsénico. De allí en adelante encontró arsénico en toda la casa, pero el gato había desaparecido. La casa no era ya la misma de antes. ¿Qué había sido de sus cosas? ¿Por qué sus trece libros favoritos estaban cubiertos ahora de una espesa capa de arsénico? Recordó el naranjo del patio. Lo buscó, y trató de encontrar otra vez a «el niño» en su hueco de agua. Pero no estaba el naranjo en su sitio, y «el niño» no era ya sino un puño de arsénico con ceniza bajo una pesada plataforma de concreto. Ahora sí dormía definitivamente. Todo era distinto. Y la casa tenía un fuerte olor arsenical que golpeaba el olfato como desde el fondo de una droguería.

Sólo entonces comprendió ella que habían pasado ya tres mil años desde el día en que tuvo deseos de comerse la primera naranja.

TUBAL-CAÍN FORJA
UNA ESTRELLA

(1948)

Se detuvo. «El otro» se detuvo también. Ahora ya no podía dudarlo. En las madrugadas anteriores se había resistido a penetrar en ese mundo oscuro, nebuloso, hacia donde lo estaban empujando con una fuerza incontenible todas las potencias de su vida. Había sabido resistir. Aún tenía vigor para apretar en su puño la lucidez que se sacudía, que se rebelaba tratando de fugarse por entre sus dedos, persiguiendo un panorama que fue suyo en un tiempo perdido ya, confundido en ese invierno que llovía con dura insistencia sobre el paisaje desolado de la muerte. Él había estado allí, parado bajo esa lluvia, en pie, inconmovible como una estatua, soportando la racha de granizo que le cortaba los párpados mientras su cerebro construía las imágenes, esas imágenes voluptuosas, amargas, que poblaron su mundo. Pero no quería regresar. Aún persistía en su boca un amargo sabor a sal fría, a musgo nuevo; y había creído que la resistencia –aunque dolorosa– sería eficaz. Puso en su rebeldía todo ese poco de vigor que aún le quedaba después de su pasado vacilante. Sin embargo, ahora podía saber que la lucha fue inútil. De nada le valió defenderse como una fie-

ra en retirada y mostrar sus colmillos de perro malherido a los fantasmas del miedo. De nada le valió
arrastrarse con las vísceras rotas para ahuyentar los
cuervos de la lujuria. Trató de apostarse tras el ba-
luarte de su infancia. Trató de levantar entre su pasado y su presente una trinchera de lirios. Pero fue
inútil su lucha, como fueron inútiles los mordiscos
que le dio a la tierra de los gusanos para sentir en su
lengua esa tibia humedad que no tuvo la leche de su
madre. Sí. Ahora ese mundo había venido a él. Se
había hecho presente, con toda su realidad indes-
tructible; se había impuesto a su muerte con una
fuerza superior a la voluntad. Ahora, a pesar de su
resistencia sostenida, sabía que iba a sucumbir. La
sed. Allí estaba empujándolo hacia la cal de las paredes esa sed eterna que le llenaba la garganta de su pasado turbio de amaneceres; porque ahora, en esa
madrugada definitiva, había que afrontar la terrible
verdad que acababa de detenerse a sus espaldas. Era
doloroso saber que tenía que quebrar él mismo, con
sus propios brazos la cintura de su rebeldía. Tembló
el hombre que habitaba dentro de su cuerpo. Permaneció después inmóvil, clavado en ese pedazo de
tierra en donde tuvo que detenerse para saber que,
en efecto, «el otro» había regresado nuevamente.
Sintió en la nuca esa mirada de piedra dura que ya
tanto conocía, pero que ahora, desacostumbrado, le
caía como un puño de plomo que le obligaba a vacilar, a tambalearse sobre los talones. Allí estaba «el
otro». Allí estaba, sin duda, esperando a que él rea-
nudara la marcha para seguirlo, para perseguirlo por
las calles recién llovidas. No podía moverse ahora:
Tengo que permanecer quieto en este sitio. Esperaré
petrificado aunque esta actitud de suspensión se

prolongue por siete siglos. Es preferible verme convertido en estatua de sal aquí mismo y no mirar hacia atrás como la mujer bíblica. Tal vez si vuelvo la cabeza voy a encontrarme frente a frente con «el otro». Quizá es el mismo que estuvo persiguiéndome durante los últimos años turbulentos.

Ahora, con la respiración contenida, podía notar que «el otro» respiraba también. No lo había advertido antes. –¿No lo advertiste cuando vino por primera vez y te acompañó por tres años consecutivos? –No. Pero ahora, rodeado de este angustioso silencio, con los nervios hacia atrás, puedo sentir el ritmo lento, pausado, a veces imperceptible, que se deja oír débilmente como desde un pulmón lejano. Pero, después de todo, cualquiera podía asegurar que se trataba de una respiración normal. Nada había en ella de extraordinario a no ser esa lentitud, ese ritmo dolido. –¡Tal vez el otro es un hombre de carne y hueso, un amigo tuyo que quiere jugarte una broma! –No. Es «el otro». Así me lo está confirmando esta brusca oleada caliente que me golpea la nuca. Nadie podría confundir ese olor, ese tufo de alcohol y droguería. Solamente mi propia sombra viva puede traer ese olor.

Porque el miedo se había detenido como una orilla de metal en sus vértebras, podía saber ahora que iba a sucumbir. Un calofrío que nació en sus uñas comenzó a subir livianamente, como un vaho de éter por sus pantorrillas, por sus muslos –¡sus muslos!–, dejando en su rumbo vertical una temblorosa región que más tarde sus pies, sus piernas, no eran ya, los iba convirtiendo en cemento. Sus miembros ágiles y tonificados sino dos columnas de concreto, dos árboles de plomo. Y más arriba, en el vientre, ese vapor se iba haciendo agudo, afilado, hasta convertirse en una dentadura vigorosa que le mordía, que le partía en dos la fruta caliente del corazón. La mano temblorosa buscó la firme vecindad del muro; pero ya fue tarde. Su brazo se perdió allá, en un vacío sin fondo, interminable, como si lo hubiera tendido para agarrar el paladar agrio de la muerte. Las ideas giraban ahora desordenadas dentro de su cabeza. Nadie podría detenerlo en esa caída inevitable. Era como si una mano de hielo, descarnada, lo hubiera empujado al espacio desde la orilla de un precipicio. Se sintió caer indefinidamente hacia un fondo situado en otro tiempo, en un tiempo distinto, olvidado ya. Como si en ese caer desorganizado fuera viendo subir una rápida sucesión de edades que le pertenecieron alguna vez y que ahora se le presentaban con toda su desgarradora verdad, con sus viciosas madrugadas de insomnio. Hacia allá iba él, hacia el fondo del abismo, por una ruta vertical, recta; por una perpendicular de cuatrocientos años. Sí. Era el vértigo. Otra vez el vértigo. –¿Cómo se llamaba el vértigo? –No. No recuerdo. No me pregunten nombres. ¡No me hablen ahora! Quiero que me dejen solo con mi muerte, con esa muerte que yo conocí hace doce años cuando regresaba a casa tambaleando, transfigurado por la fiebre, envuelto en el tibio aliento de ese mundo artificial que era el mío. –¿Tuyo? –Sí. Aquí está, quieto dentro mi bolsillo. ¡Cállate, que se despierta! ¿No estás viendo que el pobrecito está triste porque se le están quebrando los ojos azules? Déjanos aquí, solos, que nos vamos a comer este muslo con nuestra muerte. Mañana pasaré por estas calles con mi pesada irrealidad de sonámbulo, bebiéndome a sorbos la madrugada con mi hambre de animal rebelde; con esta rebeldía que me obligaba a sentirme bello; bello y solo bajo el amargo cielo de la cocaína. No. ¡Tiempo y espacio...! –¿Quién se atrevió a decir esas dos palabras? ¿No se están dando cuenta de que les tengo miedo? Pero no, que no existen. ¡Tiempo y espacio! Espacio y tiempo... Déjalos así, al revés; ¡así me gusta verlos, patas-arriba! –¿Qué diablos busca Ud. aquí? No va a encontrarlo. No encontrará Ud. al vértigo porque ya lo llevé a la cama. Pobrecito. Estaba tan cansado dentro de mi estómago que lo llevé a dormir. Ése es mi vértigo. Ahora, dormido, ha dejado los luceros dentro de sus ojos azules. ¡No te muevas tú! –¿Qué te está pasando en la mejilla izquierda? Perdone, señorita, he olvidado los fósforos. Otro cigarrillo por favor. Gracias. ¿Pero no es Ud. la mujer de la escalera? No. Yo la he visto en otra parte. Tal vez sí... Aquí tienes, éste es el retrato de tu padre muerto. No me preguntes por mi padre que él vivía en el otro mundo. Era un viejo largo y flaco, transparente, que tenía un tic en la mejilla izquierda. Sus ojos eran grandes y fijos. Míralo allí, en el retrato que está contra el muro. ¿No estás viendo que es idéntico? Míralo fijamente y verás que el retrato tiene también un tic en la mejilla izquierda. ¡Pobre viejo! Ahora está frío, allá abajo, hundido en sus gusanos, sonando sus huesos al oído de la muerte. Déjalo tranquilo, que todavía tiene en los muslos sus catorce clavos. Se murió como un cristo con agujas en las piernas mientras la tarde le lloraba crepúsculos por el costado. Pero ahora está dormido como el vértigo. Allí están, juntos como dos hermanos, temerosos de que se les quiebren los ojos azules. Los enterraron mirando hacia arriba. Pero, me olvidaba, estoy hablando con Ud. sin conocerla. ¿No es Ud. la mujer de la escalera? Tiempo y espacio. Ah, Ud. también sabe esa canción! ¿Pero por qué lo dice así? –Espacio y tiempo... Así sí; ¡cómo me gusta verlos patas-arriba!

Ahora era otro. El corazón que hacía un instante palpitaba agitadamente dentro de su pecho empezó a desaparecer. Una ola de beatitud, de tranquilidad, invadía su espíritu y lo hacía sentirse liviano, aéreo, como si la fuerza de gravedad hubiera dejado de ejercer influencia sobre su cuerpo. Olvidó –ahora sí– que a sus espaldas estaba «el otro» aguardando a que él iniciara la marcha. Prefería permanecer así, esperando a que su padre saliera de esa muerte en donde lo tenían hundido sus retratos y empezara a crecer desmesuradamente. Sí. Era bello su padre cuando descendía del marco y venía a sentarse al borde de su cama. Él lo veía otra vez –como lo había visto furtivamente en la infancia– clavándose la aguja para depositar el germen del sueño dentro de su muslo. Su rostro iba adquiriendo el color de una tierra sucia, plomiza, y su cuerpo se hacía gigante dentro de la habitación. Él adivinaba el cuerpo que iba creciendo, tomando formas arbitrarias, ramificándose contra el techo que empezaba a vacilar. Sentía un buen orgullo filial de verlo estirarse de vivir el momento en que su padre empujara el cielo de la casa que ya se estaba derrumbando estrepitosamente. Su padre no era entonces su padre. Era un hombre alto y afilado; doloridamente afilado como tallado en un grito. Lo oía cantar con sus pulmones poderosos a los cuatro vientos cardinales, estremeciendo con su voz la bien enterrada raíz de los árboles, confundiendo a los hombres, convirtiendo en polvo las ciudades, tumbando las Iglesias desde la altura de su puño para agasajar con un estremecimiento de campanas su tremenda alegría de niño bárbaro. Allá iba la frente empinada cada vez con más fuerza, ahuyentando las palomas con su viaje hacia arriba, en busca del cielo alto y oscuro, ese cielo de cenizas apagadas, turbio, deslucerado, que agitaba sus enormes alas, sus monstruosas alas de murciélago sobre los hombros invencibles. ¡Ah, su padre era el dueño del mundo! Sobre la tierra destruida sólo quedaba él, desolado, modificando las cosas, distribuyendo los ríos, los mares, cada vez más insatisfecho de su obra como un dios aburrido en la primera mañana del diluvio.

Pero ese crecimiento durará sólo unos breves segundos. Ya lo veía descender. Pronto se convertiría en un ser pequeño, mínimo, que se desdoblaría y se multiplicaría por todos los rincones de la habitación en un puñado de figuras iguales, idénticas, movedizas, que correrían desordenadamente, como hormigas dispersas por el fuego. A él le gustaba asistir a esa fiesta monstruosa; sentía un positivo placer, un placer irracional, cuando veía a su padre multiplicado. Sentía la satisfacción de perseguir ese ejército de liliputienses que se aglomeraba con terror en los rincones, mirándolo a él con sus ojillos agudos, maliciosos, tropezando unos contra otros, multiplicándose cada vez más hasta llenar por completo la habitación. La primera vez se sintió desconcertado; pero ahora tenía ya familiaridad con ese espectáculo diario. Ya no le admiraba ver a su padre por todas partes, en las mesas, debajo de las camas, sobre los libros, huyendo despavorido por la ratonera. Por el contrario: ya no podía vivir sin esa fiesta cotidiana. Era una satisfacción de niño grande la que sentía cuando lograba agarrar a diez, a quince de esos muñecos diminutos en la palma de la mano y levantarlos hasta la altura de sus ojos. Los veía mejor así. Gozaba con esa expresión de terror que contraría el rostro de los liliputienses cuando trataban de sostener el equilibrio para no resbalar hasta la tierra. Todos eran iguales, exactamente iguales: pálidos, terrosos, con el mismo tic nervioso que tuvo su padre y que tuvo después el retrato de su padre en la mejilla izquierda. Todos los muslos amoratados, llenos de agujeros profundos, olorosos a alcohol, a drogas nocturnas. ¡Con qué satisfacción los veía temblar cuando empezaba a encoger los dedos, a cerrar la mano para apretarlos, para destruirlos dentro de su puño! Era curioso verlos correr con aquella rapidez por entre los muebles, ahogarse en las peceras, ser devorados por los peces hambrientos. Su padre, multiplicado, era entonces una asquerosa invasión de ratones.

Ahora comprendía todo perfectamente. El regreso de «el otro» implicaba el regreso de todas esas sensaciones morbosas cuya dolorosa experiencia, aun después de la regeneración, seguía empujándolo con una fuerza irrevocable hacia la desgarradora comarca de la fiebre. Trató de recordar cuándo vio a «el otro» por primera vez, pero el vértigo seguía, seguía llegando a su estómago, girante, intermitente. Trató de agarrarse con una desesperación de animal dolorido a una sola idea, a un mástil en medio de aquella angustiosa tempestad cerebral, pero todas se fugaban rápidas, confundidas en una desordenada vorágine de recuerdos. El mundo cedió bruscamente bajo su cuerpo y la soga se apretó –otra vez, como la primera noche– alrededor de su garganta. No.

Esta vez no puede fallar. Aquí está mi oído esperando el momento en que se desarticulen las vértebras cervicales. Hoy sí quiero oír ese crujido tremendo. Así. Así... Perdone, ¿no es Ud. la mujer de la escalera? Tiempo y espacio. No. Así no. Espacio y tiempo... ¡Así, patas-arriba! ¡Qué bien! Nadie diga ahora que soy un cobarde, que no fui capaz de colgarme de un árbol, de una viga, para que se me rompiera definitivamente la columna vertebral. «Somos los marihuanos, somos los invertidos!» –¿Quién está diciendo «eso» a mis espaldas? Hoy no vendrá la mujer. No. Que se vaya con su escalera a otra parte. Mañana me encontrarán colgado del techo como una fruta, con la voz quebrada por la soga. Entonces sí podré decir: tiempo y espacio... No: ¡espacio y tiempo, bellamente, patas-arriba! Ya debo de estar muerto. Hace rato que estoy colgado de esta soga, balanceándome en el aire. Ya estoy frío. Caramba, si casi me estoy pudriendo. Ahora nadie vendrá con su coro de voces sonámbulas a gritarme en las orejas: «¡Somos los marihuanos...!» Afuera oyó voces que lo llamaban angustiadamente por su nombre con un acento casi maternal y unos golpes fuertes dados por un hombro seguro, hacían temblar las paredes de la habitación. ¡Lo de siempre! Alguien sintió el ruido y los vecinos se congregaron en la casa. Esta vez, como las otras veces, caerían las puertas bajo el peso de todos los hombros que estaban allí, empujando firmemente, decididamente, tratando de arrebatárselo a la muerte. –¡Qué cobarde, qué bruto soy! ¡Y todo por mi debilidad! Por tenerle miedo a ese círculo de frío que se detuvo un instante en mi sien dispuesto a quebrarme los temporales. Tal vez hubiera sido más propio de mi dignidad el que me hubieran encontrado con la cabeza hundida en un espejo de sangre. Tal vez hubiera sido mejor agasajar el olfato de la muerte con una rosa de pólvora.

Aquella vez empezó a notar la presencia de «el otro». Lo imaginaba en todas partes. Metido en los rincones, detrás de las puertas; espiando cada uno de sus gestos, cada movimiento suyo. Alcanzaba a ver la forma escurridiza, la huida precipitada. En el comedor «lo» veía fugarse después de haber derramado un frasco de láudano sobre los alimentos. Estaba en todas partes, multiplicado, desdoblado como su padre: en la casa, en la ciudad, en el mundo entero. De noche «lo» oía, jadeante, tratando de derrumbar las paredes para penetrar hasta su pieza y estrangularle, para clavarle agujas calientes en los párpados, para quemarle las plantas de los pies con sus hierros al rojo. No. No puedo dormir esta noche. «El otro» aprovechará el momento en que me quede dormido para derribar las puertas y entrar a coserme las sábanas. Yo lo he sentido tratando de meterme espinas de naranjos entre las uñas y la piel. Tengo que defenderme. Tengo que clavar esta puerta, poner dos tablas gruesas, en cruz, para que no pueda entrar. Aquí pongo un candado, por dentro. Aquí otro. Y otro. Hoy mismo voy a poner una docena de candados. ¡Mil candados! Y en derredor de la cama levantaré una barricada, una verdadera trinchera.

Haré colocar una campana en el centro de la habitación. Pero, ¿dónde vas a conseguir una campana? ¿Quién está allí en ese rincón, haciéndome preguntas? ¡Quién! Una campana. Una campana. ¡Una campana! ¿Por qué las palabras «campana» sonará como campanas? ¿Que dónde voy a conseguir una campana? Señorita, quiero comprar una campana. Para sen-

tir a «el otro» cuando venga a estrangularme. Vénda-
me una docena de campanas. Pero, ¿no es Ud. la mujer de la escalera? ¡Una campana! ¡Qué linda palabra!
Señorita, ¿puede Ud. decirme de qué color son las palabras? Hay palabras que se quiebran como las campanas. ¿Qué dice? ¿Que estoy loco? ¡Bah! Una...
¿Pero estaré loco? Loco en el tiempo y en el espacio!
Espacio y Tiempo... ¡Así, con mayúsculas y patas
arriba! –¿Pero no ve Ud. que «el otro» viene para
acá? No le haga Ud. caso si le pregunta por la mujer
de la escalera.

Pero fue una madrugada, como ahora, cuando logró sentir a «el otro» físicamente. Una madrugada
en que al regresar a casa tuvo la sensación de seguridad de que alguien lo seguía. Se detuvo «el otro»
–como ahora se detuvo también. Silencio. Nadie
rompía aquella paz tremenda, aquella quietud deses-
perante. Todavía tendría que caminar dos, tres cuadras más. Era el recorrido acostumbrado de la ta-
berna a la casa. Ese recorrido que había hecho él
todas las madrugadas, sin preocupación, casi auto-
máticamente. Pero ahora sabía que alguien estaba
parado, duro, a sus espaldas. Aguardó un instante
tratando de contener la respiración agitada, esfor-
zándose por detener ese puño de sangre que se le venía a la cabeza. El oído –ese oído suyo capaz de captar la caída de un alfiler– estaba atento a todas las
señales. Un reloj lejano golpeó las tres de la madrugada. Fueron tres golpes lentos, pausados, que reso-
naron en su oído esperanzadamente como si hubieran sido dados por un campanero vivo que se
hubiera propuesto despertarlo de su miedo. ¡Había
sentido miedo! Miedo, yo. ¡Yo que me enfrenté tres
veces a las muertes de todos los colores y siempre

regresé ileso del encuentro! Empezó a reaccionar. ¿No pudo ser acaso una ilusión de mis oídos super-sensitivos o una burla miserable de mi sistema nervioso? Era necesario seguir caminando. Tengo que recorrer esas dos cuadras. Vencer este miedo que me tiene paralizado como a un niño idiota.

Lenta pero resueltamente reanudó la marcha. «El otro» la reanudó también. Sintió con claridad las pisadas sobre el pavimento. Eran dos golpes unísonos, simultáneos, exactos. Sí. Alguien lo venía siguiendo. Ahora no lo sentía como las veces anteriores. Ahora lo oía, casi podía palparlo a sus espaldas. Una fuerza sobrenatural lo empujó, lo obligó a correr por la calle deshabitada. Se contuvo. Permaneció inmóvil, paralizado por largo tiempo. No podía recordar por cuánto tiempo, pero en medio de ese desorden de recuerdos había algo que recordaría siempre: ese golpe de frío que le escupió el rostro cuando, rápidamente, giró sobre sus talones y se encontró de caras con «el otro». ¡Lo que vio no podría olvidarlo en el resto de sus años!

La soga se apretó a su garganta, ahora sí, definitivamente. Sintió el crujido, el golpe tremendo de las vértebras cervicales que se desarticularon. En la pieza vecina alguien decía no sé qué cosas absurdas: algo relacionado con la mujer de la escalera. Y una voz empezó a llamarlo insistentemente por su nombre como desde el fondo de una mordaza. Era una voz conocida, casi amiga; la voz de «el otro» que se perdía allá abajo, profundamente, en el fondo turbio de su fiebre. Y aquella vez –como ahora– se agarró a los flancos de la muerte como un hombre derrumbado, como un perro vencido.

LA OTRA COSTILLA
DE LA MUERTE

(1948)

Sin saber por qué, despertó sobresaltado. Un acre olor a violeta y a formaldehído venía, robusto y ancho, desde la otra habitación, a confundirse con el aroma de flores recién abiertas que mandaba el jardín amaneciente. Trató de serenarse, de recobrar ese ánimo que bruscamente había perdido en el sueño. Debía ser ya la madrugada, porque afuera, en el huerto, había empezado a cantar el chorro entre las legumbres y el cielo era azul por la ventana abierta. Repasó la sombría habitación, tratando de explicarse aquel despertar brusco, esperado. Tenía la impresión, la certidumbre física de que alguien había entrado mientras él dormía. Sin embargo, estaba solo, y la puerta, cerrada por dentro, no daba muestra alguna de violencia. Sobre el aire de la ventana despertaba un lucero. Quedó quieto un momento como tratando de aflojar la tensión nerviosa que lo había empujado hacia la superficie del sueño, y cerrando los ojos, bocarriba, empezó a buscar nuevamente el hilo roto de la serenidad. La sangre, arracimada, se le desgajó en la garganta, en tanto que más allá, en el pecho, se le desesperaba el corazón robustamente, marcando un ritmo acentuado y ligero como si viniera de una carrera desbocada. Repasó mentalmente los minutos anteriores. Tal vez tuvo un sueño extraño. Pudo ser una pesadilla. No. No había nada de particular, ningún motivo de sobresalto en «eso».

Iba en un tren (ahora puedo recordarlo) a través de un paisaje (este sueño lo he tenido frecuentemente) de naturalezas muertas, sembrado de árboles artificiales, falsos, frutecidos de navajas, tijeras y otros diversos (ahora recuerdo que debo hacerme arreglar el cabello) instrumentos de barbería. Este sueño lo había tenido frecuentemente, pero nunca le produjo ese sobresalto. Detrás de un árbol estaba su hermano, el otro, su gemelo, el que había sido enterrado aquella tarde, gesticulando (esto me ha sucedido alguna vez en la vida real) para que hiciera detener el tren. Convencido de la inutilidad de su mensaje, comenzó a correr detrás del vagón hasta cuando se derrumbó, jadeante, con la boca llena de espuma. Ciertamente era un sueño absurdo, irracional, pero que no motivaba en modo alguno ese despertar desasosegado. Cerró los ojos nuevamente con las sienes golpeadas aún por la corriente de sangre que le subía firme como un puño cerrado. El tren penetró a una geografía árida, estéril, aburrida, y un dolor que sintió en la pierna izquierda le hizo desviar la atención del paisaje. Observó que tenía (no debo seguir usando estos zapatos apretados) un tumor en el dedo central del pie. De manera natural, y como si estuviera acostumbrado a ello, sacó del bolsillo un destornillador con el que extrajo la cabeza del tumor. La depositó cuidadosamente en una cajita azul (¿se ven los colores en el sueño?) y por la cicatriz vio asomarse el extremo de un cordón grasiento y amarillo. Sin alterarse, como si hubiera esperado la presencia de ese cordón, tiró de él lentamente, con cuidadosa exactitud. Fue una cinta larga, larguísima, que surgía espontáneamente, sin molestias ni dolor. Un segundo después levantó la vista y vio que el vagón había sido desocupado, y que solo, en otro compartimiento del tren, estaba su hermano vestido de mujer frente a un espejo, tratando de extraerse el ojo izquierdo con unas tijeras.

En efecto, le disgustaba aquel sueño, pero no podía explicarse por qué le alteraba la circulación, si las veces anteriores, cuando las pesadillas eran horripilantes, había logrado mantener la serenidad. Sintió las manos frías. El olor a violetas y formaldehído persistía y se tornaba desagradable, casi agresivo. Con los ojos cerrados, tratando de quebrar el tono alzado de la respiración, intentó buscar un tema trivial para hundirse otra vez en el sueño que se había interrumpido minutos antes. Podía pensar, por ejemplo, que dentro de tres horas tengo que ir a la agencia funeraria a cancelar los gastos. En el rincón, un grillo trasnochado levantó su cascabel y llenó la habitación con su garganta aguda, cortante. La tensión nerviosa empezó a ceder lenta pero eficazmente, y advirtió otra vez la flojedad, la laxitud de los músculos; se sintió tumbado sobre la colcha blanda y espesa mientras el cuerpo, liviano, ingrávido, traspasado por una dulce sensación de beatitud y cansancio iba perdiendo conciencia de su propia estructura material, de esa sustancia terrena, pesada, que lo definía, que lo situaba en una zona inconfundible y exacta de la escala zoológica, y soportaba en su difícil arquitectura toda una suma de sistemas, de órganos definidos geométricamente que le elevaban a la arbitraria jerarquía de los animales racionales. Los párpados, dóciles ahora, caían sobre la córnea con la misma naturalidad con que los brazos y las piernas se confundían en un conjunto de miembros que, lentamente, fueron perdiendo independencia; como si todo el organismo se hubiera revuelto en un solo órgano grande, total, y él –el hombre– hubiera dejado sus raíces mortales para penetrar en otras raíces más hondas y firmes; en las raíces eternas de un sueño integral y definitivo. Oyó que afuera, del otro lado del mundo, el canto del grillo se iba debilitando hasta desaparecer de sus sentidos, que se habían vuelto hacia adentro, sumergiéndolo a él en una nueva y descomplicada noción de tiempo y espacio; borrando la presencia de ese mundo material, físico y doloroso, lleno de insectos y de acres olores de violetas y fomaldehídos.

Apaciblemente, envuelto en el tibio clima de serenidad codiciada, sintió la liviandad de su muerte artificial y diaria. Se hundió en una amable geografía, en un mundo fácil, ideal: un mundo como diseñado por un niño, sin ecuaciones algebraicas, sin despedidas amorosas y sin fuerzas de gravedad.

No podía precisar cuánto tiempo estuvo así, entre esa noble superficie de sueños y realidades; pero sí recordaba bruscamente, como si le hubiera sido cortada la garganta por una cuchillada, dio un salto en el lecho y sintió que su hermano gemelo, su hermano muerto, estaba sentado al borde de la cama.

Otra vez como antes, el corazón fue un puño que le vino a la boca y lo empujó a saltar. La luz naciente, el grillo que seguía moliendo, la soledad con su organillo destemplado, el aire fresco que subía del universo del jardín, todo contribuyó a hacerlo volver nuevamente al mundo real; pero esta vez podía comprender a qué se debía su sobresalto. Durante los breves minutos de somnolencia, y (ahora me doy cuenta) durante toda la noche, en que creyó tener un sueño apacible, sencillo, sin pensamientos, su memoria había estado fija en una sola imagen, constante, invariable; en una imagen autónoma que se imponía a su pensamiento a pesar de la voluntad y de la resistencia del pensamiento mismo. Sí. Casi sin que él lo advirtiera, «ese» pensamiento se había ido apoderando de él, llenándolo, habitándolo entero, convirtiéndose en un telón de fondo que permanecía fijo detrás de los otros pensamientos, constituyendo el soporte, la vértebra definitiva en el drama mental de su día y de su noche. La idea del cadáver de su hermano gemelo se le había clavado en todo el centro de la vida. Y ahora, cuando ya lo habían dejado allá, en su parcela de tierra, con los párpados estremecidos de lluvia, ahora tenía miedo de él.

Nunca creyó que el golpe sería tan fuerte. Por la ventana entreabierta volvió a entrar el olor confundido ya con otro olor a tierra húmeda, a huesos sumergidos, y su olfato le salió al encuentro regocijado, con una tremenda alegría de hombre bestial. Habían pasado ya muchas horas desde el momento en que lo vio retorcerse como un perro malherido debajo de las sábanas, aullando, mordiendo ese grito último que le llenaba la garganta de sal; tratando de romper con las uñas el dolor que se le trepaba por la espalda hasta las raíces del tumor. No podía olvidar sus maseteros de animal agonizante, rebelde ante la verdad que se le había parado enfrente, que se había amarrado a su cuerpo con tenacidad, con una constancia imperturbable, definitivamente como la muerte misma. Él lo vio en los últimos momentos de su agonía bárbara. Cuando se rompió las uñas contra las paredes, rasguñando ese último pedazo de vida que se le iba por entre los dedos, que se le desangraba, mientras la gangrena se le metía por el costado como una mujer implacable. Después lo vio tumbarse sobre el lecho revuelto, con un mínimo de cansancio resignado, sudoroso, cuando los dientes llenos de espuma le tiraron al mundo una sonrisa horrible, monstruosa, y la muerte empezó a correrle por los huesos como un río de cenizas.

Fue entonces cuando pensé en el tumor que había dejado de dolerle en el vientre. Lo imaginé redondo (ahora sintió él la misma sensación), hinchado como un sol interior, insoportable como un insecto amarillo que alargaba sus filamentos viscosos hacia el fondo de los intestinos. (Sintió que las vísceras se le desajustaron como ante la inminencia de una necesidad fisiológica.) Tal vez yo tenga alguna vez un tumor como el suyo. Al principio será una esfera pequeña, pero creciente, que se irá ramificando, agrandándose dentro de mi vientre, como un feto. Probablemente lo sienta cuando empiece a moverse, a desplazarse hacia adentro con una furia de niño sonámbulo, transitando por mis intestinos, ciego (se llevó las manos al estómago para contener el dolor agudo), con las manos ansiosas tendidas hacia la sombra, buscando la matriz tibia, el útero hospitalario que no ha de encontrar nunca; en tanto que sus cien patas de animal fantástico se irán enredando en un largo y amarillo cordón umbilical. Sí. Quizá yo (¡el estómago!), como este hermano que acaba de morir, tenga un tumor en la raíz de las vísceras. El olor que había mandado el jardín regresaba ahora fuerte, repugnante, envuelto en una tufarada nauseabunda. El tiempo parecía haberse detenido al borde de la madrugada. Contra el cristal el lucero estaba cuajado, en tanto que la pieza vecina, en donde toda la noche anterior estuvo el cadáver, seguía empujando su fuerte mensaje de formaldehído. Era, ciertamente, un olor distinto al del jardín. Éste era un olor más angustioso, más específico que ese confundido olor de las flores desiguales. Un olor que siempre, después de conocido, relacionó con los cadáveres. Era el olor glacial y exuberante que le dejó el aldehído fórmico de los anfiteatros. Pensó en el laboratorio. Recordó las vísceras conservadas en alcohol absoluto; en las aves disecadas. A un conejo saturado de formol se le vuelve dura la carne, se deshidrata y pierde su dócil elasticidad hasta convertirse en un conejo perpetuo, eternizado. Formaldehído. ¿De dónde saldrá este olor? La única manera de contener la podredumbre. Si los hombres tuviéramos formol entre las venas seríamos como las piezas anatómicas sumergidas en alcohol absoluto.

Oyó, allá afuera, el golpeteo de la lluvia creciente que venía martillando los cristales de la ventana entreabierta. Un aire fresco, regocijado y nuevo entró cargado de humedad. El frío de las manos se intensificó, haciéndole sentir la presencia del formol en las arterias; como si la humedad del patio hubiese entrado hasta sus huesos. Humedad. «Allá» hay mucha humedad. Pensó con cierto disgusto en las noches de invierno en que la lluvia traspasará la hierba y la humedad irá a dormir sobre el costado de su hermano, a circularle por el cuerpo como una corriente concreta. Le parecía que los muertos tuvieran necesidad de otro sistema circulatorio que los fuera precipitando hacia otra muerte irremediable y última. En ese momento deseaba que no lloviera más, que el verano fuera una estación eterna y dominante. Por lo que estaba pensando, le disgustaba la persistencia de ese tableteo húmedo sobre los cristales. Quería que la arcilla de los cementerios fuera seca, siempre seca, porque lo inquietaba pensar que pasados quince días, cuando la humedad empiece a correrle por el tuétano, ya no habrá otro hombre igual, exactamente igual a él debajo de la tierra.

Sí. Ellos era dos hermanos gemelos, exactos, que a primera vista nadie podía diferenciar. Antes, cuando estuvieron los dos viviendo sus vidas separadas no eran sino dos hermanos gemelos, simples y apartados como dos hombres diferentes. Espiritualmente no había ningún factor común entre ellos. Pero ahora, cuando la rigidez, la terrible realidad se le trepaba por la espalda como un animal invertebrado: algo se había disuelto en su atmósfera integral, algo que se pronunciaba como un vacío, como si a su costado se hubiera abierto un precipicio, o como si, bruscamente, le hubiera sido cercenada de un hachazo la mitad de su cuerpo; no de ese cuerpo exacto, anatómico, sometido a una perfecta definición geométrica; no de ese cuerpo físico que ahora sentía miedo, sino de otro cuerpo que venía más allá del suyo, que había estado con él hundido en la noche líquida del vientre materno y se remontaba con él por las ramas de una genealogía antigua; que estuvo con él en la sangre de sus cuatro pares de bisabuelos, y vino desde el atrás, desde el principio del mundo, sosteniendo con su peso, con su misteriosa presencia, todo el equilibrio universal. Podía ser que él estuviera con la sangre de Isaac y Rebeca, que fuera su otro hermano el que nació trabado en su calcañal y que vino dando tumbos de generación en generación, noche a noche, de beso en beso, de amor en amor, descendiendo por arterias y testículos hasta llegar, como en un viaje nocturno, a la matriz de su madre reciente. El misterioso itinerario ancestral se le presentaba ahora doloroso y verdadero, ahora que había sido roto el equilibrio y la ecuación resuelta definitivamente. Sabía que algo faltaba a su armonía personal, a su integridad formal y cotidiana: ¡Jacob se había libertado irremediablemente de sus tobillos!

Durante los días en que su hermano estuvo enfermo no tuvo esta sensación, porque el rostro demacrado, transfigurado por la fiebre y el dolor, con la barba crecida, se había diferenciado altamente del suyo. Pero una vez que estuvo inmóvil, tendido sobre su muerte total, se llamó a un barbero para que «arreglara» el cadáver. Él estuvo presente, pegado contra el muro, cuando llegó el hombre vestido de blanco y armado con el limpio instrumental de su profesión. Con la precisión de un maestro cubrió de espuma la barba del muerto (la boca espumosa. Así lo vi antes de morir) y, lentamente, como quien va revelando un secreto tremendo, empezó a rasurarlo. Fue entonces cuando lo asaltó «esa» idea horrible. A medida que, al paso de la navaja, iba surgiendo el rostro pálido y terroso del hermano gemelo, él iba sintiendo que aquel cadáver no era una cosa extraña a él, sino que estaba fabricado de su misma sustancia terrena, que era su propia repetición. Sentía la extraña sensación de que sus parientes habían extraído del espejo la imagen suya, la que él veía reflejada en el cristal cuando se afeitaba. Ahora que esa imagen respondía a cada uno de sus movimientos había tomado independencia. Él la había visto afeitarse otras veces, todas las mañanas. Pero asistía a la dramática experiencia de que otro hombre estuviera quitándole la barba a la imagen de su espejo, prescindiendo de su propia presencia física. Tuvo la certeza, la seguridad de que si en aquel momento se hubiera acercado a un cristal lo habría encontrado en blanco, aunque la física no tuviera una explicación exacta para aquel fenómeno. ¡Era la conciencia del desdoblamiento! ¡Su doble era un cadáver! Desesperado, tratando de reaccionar, palpó el muro firme que le subió por el tacto como una corriente de seguridad. El barbero terminó su labor y con la punta de las tijeras cerró los párpados del cadáver. La noche le quedó temblando adentro, en la irrevocable soledad del cuerpo desgajado. Así eran exactos. Dos hermanos idénticos, inquietantemente repetidos.

Fue entonces, al observar lo íntimamente ligadas que estaban esas dos naturalezas, cuando se le ocurrió que algo extraordinario, inesperado, iba a acontecer. Imaginó que la separación de los dos cuerpos en el espacio no era más que aparente cuando, en realidad, ambos tenían una naturaleza única, total. Tal vez cuando llegue hasta el muerto la descomposición orgánica, él, el vivo empiece a podrirse también dentro de su mundo animado.

Oyó que la lluvia empezó a gotear con mayor fuerza sobre los cristales y que el grillo reventó su cuerda de repente. Sus manos estaban ahora intensamente frías con una larga frialdad deshumanizada. El olor a formaldehído, acentuado, le hizo pensar en la posibilidad de traerse a la podredumbre que le estaba comunicando su hermano gemelo desde allá, desde su helado hueco de tierra. ¡Eso es absurdo! ¡Tal vez el fenómeno sea inverso: la influencia debía ejercerla él que permanecía con vida, con su energía, con su célula vital! Quizá –en este plano– tanto él como su hermano permanezcan intactos, sosteniendo un equilibrio entre la vida y la muerte para defenderse de la putrefacción. ¿Pero quién podía asegurarlo? ¿No era posible asimismo que el hermano sepultado continuara incorruptible en tanto que la podredumbre invadía al vivo con sus pulpos azules?

Pensó que la última hipótesis era la más probable y se resignó a esperar la llegada de su hora tremenda. La carne se le había puesto suave, adiposa, y creyó sentir que una sustancia azul lo cubría por entero. Olfateó hacia abajo la llegada de sus propios olores corporales, pero sólo el formol de la pieza vecina le agitó las membranas olfativas con un estremecimiento helado, inconfundible. Nada le preocupó después. En su rincón el grillo trató de reiniciar la cantinela mientras una gota gruesa y exacta empezó a colarse por el cielo raso en todo el centro de la habitación. La oyó caer sin sorpresa porque sabía que en ese sitio la madera estaba envejecida, pero se imaginó aquella gota formada por una agua fresca, buena y amiga, que venía del cielo, de una vida mejor, más ancha y menos llena de fenómenos idiotas, como el amor o como la digestión y la gemelidad. Tal vez esa gota iba a llenar la habitación dentro de una hora o dentro de mil años, y a disolver esa armadura mortal, esa sustancia vana que tal vez –¿por qué no?– dentro de breves instantes no sería ya sino una pastosa mezcla de albúmina y de suero. Ahora todo era igual. Entre él y su tumba sólo se interponía su propia muerte. Resignado, oyó la gota, gruesa, pesada, exacta, que golpeaba en el otro mundo, en el mundo equivocado y absurdo de los animales racionales.

DIÁLOGO DEL ESPEJO

(1949)

El hombre de la estancia anterior, después de haber dormido largas horas como un santo; olvidado de las preocupaciones y desasosiegos de la madrugada reciente, despertó cuando el día era alto y el rumor de la ciudad invadía –total– el aire de la habitación entreabierta. Debió pensar –de no habitarlo otro estado de alma– en la espesa preocupación de la muerte, en su miedo redondo, en el pedazo de barro –arcilla de sí mismo– que tendría su hermano debajo de la lengua. Pero el sol regocijado que clarificaba el jardín le desvió la atención hacia otra vida más ordinaria, más terrenal y acaso menos verdadera que su tremenda existencia interior. Hacía su vida de hombre corriente, de animal cotidiano, que le hizo recordar –sin contar para ello con su sistema nervioso, con su hígado alterable– la irremediable imposibilidad de dormir como un burgués. Pensó –y había allí, por cierto, algo de matemática burguesa– en el trabalenguas de cifras, en los rompecabezas financieros de la oficina.

Las ocho y doce. Definitivamente llegaré tarde. Paseó la yema de los dedos por el mentón, dejando correr el tacto hacia la mejilla. La piel áspera, sembrada de troncos retoñados, le dejó la impresión de pelo duro por las antenas digitales. Después, con la palma de la mano entreabierta, se palpó el rostro distraído, cuidadosamente, con la serena tranquilidad del cirujano que conoce el núcleo del tumor, y de la superficie blanda fue surgiendo hacia adentro la dura sustancia de una verdad que, en ocasiones, le había blanqueado la angustia. Allí, bajo las yemas –y después de las yemas, hueso contra hueso–, su irrevocable condición anatómica había sepultado un orden de compuestos, un apretado universo de tejidos, de mundos menores, que lo venían soportando, levantando su armadura carnal hacia una altura menos duradera que la natural y última posición de sus huesos.

Sí. Contra la almohada, hundida la cabeza en la blanda materia, tumbado el cuerpo sobre el reposo de sus órganos, la vida tenía un sabor horizontal, un mejor acomodamiento a sus propios principios. Sabía que, con el esfuerzo mínimo de cerrar los párpados, esa larga, esa fatigante tarea que le aguardaba empezaría a resolverse en un clima descomplicado, sin compromisos con el tiempo, ni con el espacio: sin necesidad de que, al realizarla, esa aventura química que constituía su cuerpo sufriera el más ligero menoscabo. Por lo contrario, así, con los párpados cerrados, había una economía total de recursos vitales, una ausencia absoluta de orgánicos desgastes. Su cuerpo, hundido en el agua de los sueños, podría moverse, vivir, evolucionar hacia otras formas existenciales en las que su mundo real tendría, para su necesidad íntima, una idéntica densidad de emociones –si no mayor– con las que la necesidad de vivir quedaría completamente satisfecha sin detrimento de su integridad física. Sería –entonces– mucho más fácil la tarea de convivir con los seres, las cosas, actuando, sin embargo, en igual forma que en el mundo real. Las tareas de rasurarse, de tomar el ómnibus, de resolver las ecuaciones de la oficina, serían simples y descomplicadas en su sueño, y le producirían, a la postre, la misma satisfacción interior.

Sí. Era mejor hacerlo en esa forma artificial, como lo estaba haciendo ya; buscando en la habitación iluminada el rumbo del espejo. Como lo hubiera seguido haciendo si, en aquel instante, una pesada máquina, brutal y absurda, no hubiera deshecho la tibia sustancia de su sueño incipiente. Ahora, regresando al mundo convencional, el problema revestía ciertamente mayores caracteres de gravedad. Sin embargo, la curiosa teoría que acababa de inspirarle su molicie, lo había desviado hacia una comarca de comprensión, y desde adentro de su hombro sintió el desplazamiento de la boca hacia los lados, en un gesto que debió ser una sonrisa involuntaria. Fastidiado. (En el fondo continuaba sonriendo.) Tener que afeitarme cuando debo estar sobre los libros en veinte minutos. Baño ocho rápidamente cinco desayuno siete. Salchichas viejas desagradables almacén de Mabel salsamentaria tornillos drogas licores eso es como una caja de qué sé yo quién se me olvidó la palabra. El ómnibus se daña los martes y demora siete. Pendora. No: Peldora. No es así. Total media hora. No hay tiempo. Se me olvidó la palabra, una caja donde hay de todo. Pedora. Empieza con pe.

Con la bata puesta, ya frente al lavabo, un rostro somnoliento, desgreñado y sin afeitar, le echó una mirada aburrida desde el espejo. Un ligero sobresalto le subió, con un hilillo frío, al descubrir en aque-

lla imagen a su propio hermano muerto cuando acababa de levantarse. El mismo rostro cansado, la misma mirada que no terminaba aún de despertar.

Un nuevo movimiento envió al espejo una canti-
dad de luz destinada a conducir un gesto agradable,
pero el regreso simultáneo de aquella luz le trajo
–contrariando sus propósitos– una mueca grotesca.
Agua. El chorro caliente se ha abierto torrencial,
exuberante, y la oleada de vapor blanco y espeso está interpuesta entre él y el cristal. Así –aprovechan-
do la interrupción con un rápido movimiento– logra
ponerse de acuerdo con su propio tiempo y con el
tiempo interior del azogue.

Sobre la cinta de cuero se levantó el agudo canto
metálico de la navaja, y el oído –hacia adentro– se le
fue llenando de cortantes orillas, de helados metales;
y la nube –desvanecida ya– le mostró de nuevo la
otra cara, turbia de complicaciones físicas, de leyes
matemáticas, en las que la geometría intentaba una
nueva manera de volumen, una forma concreta de la
luz. Allí, frente a él, estaba el rostro, con pulso, con
latidos de su propia presencia, transfigurado en un
gesto, que era simultáneo, una seriedad sonriente y
burlona, asomada al otro cristal húmedo que había
dejado la condensación del vapor.

Sonrió. (Sonrió.) Mostró –a sí mismo– la lengua.
(Mostró –al de la realidad– la lengua.) El del espejo
la tenía pastosa, amarilla: «Andas mal del estómago», diagnosticó (gesto sin palabras) con una mueca.
Volvió a sonreír. (Volvió a sonreír.) Pero ahora él
pudo observar que había algo de estúpido, de artificial y de falso en esa sonrisa que se le devolvía. Se
alisó el cabello (se alisó el cabello) con la mano derecha (izquierda), para, inmediatamente, volver la

72

mirada avergonzado (y desaparecer). Extrañaba su propia conducta de pararse frente al espejo a hacer gestos como un cretino. Sin embargo, pensó que todo el mundo observaba frente al espejo idéntica conducta, y su indignación fue entonces mayor, ante la certeza de que, siendo todo el mundo cretino, él no estaba sino rindiéndole tributo a la vulgaridad. Ocho y diecisiete.

Sabía que era necesario apresurarse si no quería ser despedido de la agencia. De esa agencia que se había convertido, desde hacía algún tiempo, en el sitio de partida de sus propios funerales diarios.

El jabón, al contacto con la brocha, había levantado ya una blancurazul liviana que lo recuperaba de sus preocupaciones. Era el momento en que la pasta jabonosa se subía por el cuerpo, por la red de las arterias, y le facilitaba el funcionamiento de toda la maquinaria vital. Así, regresando a la normalidad, le pareció más cómodo buscar en el cerebro saponificado la palabra con que quería comparar el almacén de Mabel. Peldora. La cacharrería de Mabel. Paldora. La salsamentaria o droguería. O todo a la vez: Pendora.

Sobre la jabonería hervía la espuma suficiente. Pero siguió frotando la brocha, casi con pasión. El espectáculo pueril de las burbujas le daba una clara alegría de niño grande que se le trepaba al corazón, pesada y dura, como un licor barato. Un nuevo esfuerzo en persecución de la sílaba habría sido entonces suficiente para que la palabra reventara, madura y brutal; para que saliera a flote en aquella agua espesa, turbia, de su esquiva memoria. Pero esta vez, como las anteriores, las piececillas dispersas, desarmadas de un mismo sistema, no ajustarían con exactitud para lograr la totalidad orgánica, y él se dispuso a desistir para siempre de la palabra: ¡Pendora!

Y era ya tiempo de que desistiera de aquella búsqueda inútil, porque (ambos alzaron la vista y se encontraron en los ojos) su hermano gemelo, con la brocha espumeante, había empezado a cubrirse el mentón de fresca blancura-azul dejando correr la mano izquierda (él lo imitó con la derecha) con suavidad y precisión, hasta cubrir la zona abrupta. Desvió la vista, y la geometría de las manecillas se le presentó empeñada en la solución de un nuevo teorema de angustia: ocho y dieciocho. Lo estaba haciendo muy lentamente. Así que, con el firme propósito de terminar pronto, afirmó la navaja de cuerno obediente a la movilidad del meñique.

Calculando que en tres minutos estaría terminado el trabajo, levantó el brazo derecho (izquierdo) hasta la altura de la oreja derecha (izquierda), haciendo de paso la observación de que nada debía resultar tan difícil como afeitarse en la forma en que lo estaba haciendo la imagen del espejo. Había derivado de allí toda una serie de cálculos complicadísimos con el propósito de averiguar la velocidad de la luz que, casi simultáneamente, realizaba el viaje de ida y regreso para reproducir cada movimiento. Pero el esteta que lo habitaba, tras una lucha aproximadamente igual a la raíz cuadrada de la velocidad que hubiera podido averiguar, venció al matemático, y el pensamiento del artista se fue hacia los movimientos de la hoja que verdeazulblanqueaba con los diferentes golpes de luz. Rápidamente –y el matemático y esteta estaban ahora en paz– bajó el filo por la mejilla derecha (izquierda) hasta el meridiano del labio, y observó con satisfacción que la mejilla izquierda de la imagen aparecía limpia entre sus bordes de espuma.

No acababa aún de sacudir la hoja cuando, de la cocina, empezó a llegar el humo cargado con un acre olor a carne guisada. Sintió el estremecimiento debajo de la lengua, y el torrente de saliva fácil, delgada, que le llenó la boca con el sabor enérgico de la manteca caliente. Riñones guisados. Por fin hubo un cambio en la condenada tienda de Mabel. Pendora. Tampoco. El ruido de la glándula entre la salsa le reventó en el oído, con un recuerdo de lluvia martillante, que era, en efecto, el mismo de la madrugada reciente. Por tanto, no debía olvidar los zapatones y el impermeable. Riñones en salsa. No hay duda.

De todos sus sentidos ninguno le merecía tanta desconfianza como el del olfato. Pero, aun por encima de sus cinco sentidos y aun cuando aquella fiesta no fuera más que un optimismo de su pituitaria, la necesidad de terminar cuanto antes era, en aquel momento, la más urgente necesidad de sus cinco sentidos. Con precisión y ligereza (el matemático y el artista se mostraron los dientes) subió la hoja de adelante (atrás) hacia atrás (adelante) hasta la comisura (derecha) izquierda, mientras con la mano izquierda (derecha) se alisaba la piel, facilitando así el paso de la orilla metálica, de adelante (atrás) hacia (adelante) atrás, y de arriba (arriba) hacia abajo, terminando (ambos jadeantes) el trabajo simultáneo.

Pero, ya al finalizar, y cuando daba los últimos toques a la mejilla izquierda con la mano derecha, alcanzó a ver su propio codo contra el espejo. Lo vio grande, extraño, desconocido, y observó con sobresalto que, por encima del codo, otros ojos igualmente grandes e igualmente desconocidos, buscaban desorbitados la dirección del acero. Alguien está tratando de ahorcar a mi hermano. Un brazo poderoso. ¡Sangre! Siempre sucede lo mismo cuando lo hago de prisa.

Buscó, en su rostro, el sitio correspondiente; pero su dedo quedó limpio y no denunció el tacto solución alguna de continuidad. Se sobresaltó. No había heridas en su piel, pero allá, en el espejo, el otro estaba sangrando ligeramente. Y en su interior volvió a ser verdad el fastidio de que se repitieran las inquietudes de la noche anterior. De que ahora, frente al espejo, fuera a tener otra vez la sensación, la conciencia del desdoblamiento. Pero allí estaba ya el mentón (redondo: caras iguales). Esos pelos en el hoyuelo necesitan una navaja en punta.

Creyó observar que una nube de desconcierto velaba el gesto apresurado de su imagen. ¿Sería posible que, debido a la gran rapidez con que se estaba rasurando (y el matemático se adueñó por entero de la situación) la velocidad de la luz no alcance a cubrir la distancia para registrar todos los movimientos? ¿Podría él, en su premura, adelantarse a la imagen del espejo y terminar la tarea un movimiento antes que ella? ¿O sería posible (y el artista, tras una breve lucha, logró desalojar al matemático) que la imagen hubiera tomado vida propia y resuelto –por vivir en un tiempo descomplicado– terminar con mayor lentitud que su sujeto externo?

Visiblemente preocupado abrió el grifo del agua caliente y sintió la subida del vapor tibio y espeso, mientras el chapoteo de su rostro entre el agua nueva le llenaba los oídos de un rumor gutural. Sobre la piel, la amable aspereza de la toalla recién lavada le hizo respirar una honda satisfacción de animal higiénico. ¡Pandora! Ésa es la palabra: Pandora

Miró la toalla con sorpresa y cerró los ojos, desconcertado, mientras allá, en el espejo, un rostro igual al suyo lo contemplaba con unos grandes ojos estúpidos y el rostro cruzado por un hilo cárdeno.

Abrió los ojos y sonrió (sonrió). Ya nada le importaba. ¡El almacén de Mabel es una caja de Pandora!

El olor caliente de los riñones en salsa le agasajó el olfato, ahora con mayor urgencia. Y sintió con satisfacción –con positiva satisfacción– que dentro de su alma un perro grande se había puesto a menear la cola.

AMARGURA PARA TRES SONÁMBULOS

(1949)

Ahora la teníamos allí, abandonada en un rincón de la casa. Alguien nos dijo, antes de que trajéramos sus cosas –su ropa olorosa a madera reciente, sus zapatos sin peso para el barro–, que no podía acostumbrarse a aquella vida lenta, sin sabores dulces, sin otro atractivo que esa dura soledad de cal y canto, siempre apretada a sus espaldas. Alguien nos dijo –y había pasado mucho tiempo antes que lo recordáramos– que ella también había tenido una infancia. Quizá no lo creímos, entonces. Pero ahora, viéndola sentada en el rincón, con los ojos asombrados, y un dedo puesto sobre los labios, tal vez aceptábamos que una vez tuvo una infancia, que alguna vez tuvo el tacto sensible a la frescura anticipada de la lluvia, y que soportó siempre de perfil a su cuerpo, una sombra inesperada.

Todo eso –y mucho más– lo habíamos creído aquella tarde en que nos dimos cuenta de que, por encima de su submundo tremendo, era completamente humana. Lo supimos cuando de pronto, como si adentro se hubiera roto un cristal, empezó a dar gritos angustiados; empezó a llamarnos a cada cual por su nombre, hablando entre lágrimas hasta cuando nos sentamos junto a ella; nos pusimos a cantar y a batir palmas, como si nuestra gritería pudiera soldar los cristales esparcidos. Sólo entonces pudimos creer que alguna vez tuvo una infancia. Fue como si sus gritos se parecieran en algo a una revelación; como si tuvieran mucho de árbol recordado y río profundo, cuando se incorporó, se inclinó un poco hacia adelante, y todavía sin cubrirse la cara con el delantal, todavía sin sonarse la nariz, y todavía con lágrimas, nos dijo: «No volveré a sonreír».

Salimos al patio, los tres, sin hablar, acaso creíamos llevar pensamientos comunes. Tal vez pensamos que no sería lo mejor encender las luces de la casa. Ella deseaba estar sola –quizás–, sentada en el rincón sombrío, tejiéndose la trenza final, que parecía ser lo único que sobreviviría de su tránsito hacia la bestia.

Afuera, en el patio, sumergidos en el profundo vaho de los insectos, nos sentamos a pensar en ella. Lo habíamos hecho otras veces. Podíamos haber dicho que estábamos haciendo lo que habíamos hecho todos los días de nuestras vidas. Sin embargo, aquella noche era distinto: ella había dicho que no volvería a sonreír, y nosotros, que tanto la conocíamos, teníamos la certidumbre de que la pesadilla se había vuelto verdad. Sentados en triángulo, la imaginábamos allá adentro, abstracta, incapacitada, hasta para escuchar los innumerables relojes que medían el ritmo, marcado y minucioso, en que se iba convirtiendo en polvo. «Si por lo menos tuviéramos valor para desear su muerte», pensábamos a coro. Pero la queríamos así: fea y glacial, como una mezquina contribución a nuestros ocultos defectos.

Éramos adultos desde antes, desde mucho tiempo

atrás. Ella era, sin embargo, la mayor de la casa. Esa misma noche había podido estar allí, sentada con nosotros, sintiendo el templado pulso de las estrellas, rodeada de hijos sanos. Habría sido la señora respetable de la casa si hubiera sido esposa de un buen burgués o concubina de un hombre puntual. Pero se acostumbró a vivir en una sola dimensión, como la línea recta, acaso para que sus vicios o sus virtudes no pudieran conocerse de perfil. Desde varios años atrás ya lo sabíamos todo. Ni siquiera nos sorprendimos una mañana, después de levantados, cuando la encontramos boca abajo en el patio, mordiendo la tierra en una dura actitud estática. Alguien nos dijo que estaba muerta; que había caído desde la ventana del segundo piso hasta la dura arcilla del patio, y había quedado allí, tiesa y concreta, de bruces al barro húmedo. Pero después supimos que lo único que conservaba intacto era el miedo a las distancias, el natural espanto frente al vacío. La levantamos por los hombros. No estaba dura como nos pareció al principio. Al contrario, tenía los órganos sueltos, desasidos de la voluntad, como un muerto tibio que no hubiera empezado a endurecerse.

Tenía los ojos abiertos, sucia la boca de esa tierra que debía saberle ya a sedimento sepulcral, cuando la pusimos de cara al sol y fue como si la hubiéramos puesto frente a un espejo. Nos miró a todos con una apagada expresión sin sexo, que nos dio –teniéndola ya entre los brazos– la medida de su ausencia. Entonces sonrió, volvió a mirarnos, y se quedó después sonriendo con esa sonrisa fría y quieta que tenía durante las noches cuando transitaba despierta por la casa. Dijo que no sabía cómo llegó hasta el patio. Dijo que había sentido mucho calor, que estuvo oyendo un grillo penetrante, agudo, que parecía –así lo dijo– dispuesto a tumbar la pared de su cuarto, y que ella se había puesto a recordar las oraciones del domingo, con la mejilla apretada al piso de cemento.

Sabíamos, sin embargo, que no podía recordar ninguna oración, como supimos después que había perdido la noción del tiempo cuando dijo que se había dormido, sosteniendo por dentro la pared que el grillo estaba empujando desde afuera, y que estaba completamente dormida cuando alguien, cogiéndola por los hombros, apartó la pared y la puso a ella de cara al sol.

Aquella noche sabíamos, sentados en el patio, que no volvería a sonreír. Quizá nos dolía anticipadamente su seriedad inexpresiva, su oscuro y voluntarioso vivir arrinconado. Nos dolía hondamente, como nos dolió el día que la vimos sentarse en el rincón, donde ahora estaba; y le oímos decir que no volvería a deambular por la casa. Al principio no pudimos creerla. La habíamos visto durante meses enteros transitando por los cuartos, a cualquier hora, con la cabeza dura y los hombros caídos, sin detenerse, sin fatigarse nunca. De noche oíamos su rumor corporal, denso, moviéndose entre dos oscuridades, y quizá nos quedamos muchas veces, despiertos en la cama, oyendo su sigiloso andar, siguiéndola con el oído por toda la casa. Una vez nos dijo que había visto el grillo dentro de la luna del espejo, hundido, sumergido en la sólida transparencia, y que había atravesado la superficie de cristal para alcanzarlo. No supimos, en realidad, lo que quería decirnos, pero todos pudimos comprobar que tenía la ropa mojada, pegada al cuerpo, como si acabara de salir de un estanque. Sin pretender explicarnos el fenómeno, resolvimos acabar con los insectos de la casa: destruir los objetos que la obsesionaban.

Hicimos limpiar las paredes; ordenamos cortar los arbustos del patio, y fue como si hubiéramos limpiado de pequeñas basuras el silencio de la noche. Pero ya no la oíamos caminar, ni la oíamos hablar de los grillos, hasta el día en que, después de la última comida, se quedó mirándonos, se sentó en el suelo de cemento todavía sin dejar de mirarnos, y nos dijo: «Me quedaré aquí, sentada»; y nos estremecimos, porque pudimos ver que había empezado a parecerse a algo que era ya casi completamente como la muerte.

De eso hacía ya mucho tiempo y hasta nos habíamos acostumbrado a verla allí, sentada, con la trenza siempre a medio tejer, como si se hubiera disuelto en su soledad y hubiera perdido, aunque se le estuviera viendo, la facultad natural de estar presente. Por eso ahora sabíamos que no volvería a sonreír; porque lo había dicho en la misma forma convencida y segura en que una vez nos dijo que no volvería a caminar. Era como si tuviéramos la certidumbre de que más tarde nos diría: «No volveré a ver» o quizá: «No volveré a oír», y supiéramos que era lo suficientemente humana para ir eliminando a voluntad sus funciones vitales, y que, espontáneamente, se iría acabando sentido a sentido, hasta el día en que la encontráramos recostada a la pared, como si se hubiera dormido por primera vez en su vida. Quizá faltaba mucho tiempo para eso, pero los tres, sentados en el patio, habríamos deseado aquella noche sentir su llanto afilado y repentino, de cristal roto, al menos para hacernos la ilusión de que habría nacido un niño dentro de la casa. Para creer que había nacido nueva.

DE CÓMO NATANAEL HACE UNA VISITA

(1950)

En la esquina había cuatro vientos encontrados. En el centro de la trabazón, la corbata gris aleteó un momento hacia el este; se desvió luego (impulsada por el otro viento); señaló alternativamente hacia las direcciones contrarias y se quedó quieta después, parada, sostenida en el equilibrio de los cuatro vientos iguales. Natanael la sostuvo, se arregló el nudo con el tacto y tuvo la sensación de que la corbata estaba viva. Tal vez fue eso lo que le obligó a decidirse. Tal vez, cuando sintió moverse la corbata en su cuello, sola, autónoma, pensó que hasta una corbata estaba en condiciones de correr el riesgo que él mismo había temido correr unos minutos antes. Desde lo más alto de su estatura, miró la punta de los zapatos deslustrados. «Quizá por eso no me había atrevido», pensó. Porque los zapatos no estaban en buenas condiciones.

Caminó hasta el puesto de limpiabotas, a mitad de cuadra. Encendió un cigarrillo, mientras el muchacho, silbando un airecillo de moda, ponía en orden todos los trastos, antes de iniciar la tarea de lustrarle los zapatos. Vio, abajo, la cajita de betún rojo. Vio los trapos ordenadamente plegados en el muslo del limpiabotas. Vio dos cepillos; uno sucio de betún rojo. El otro debía ser para el betún negro. Cuando el muchacho humedeció con media naranja la punta del zapato izquierdo, Natanael sintió la fresca penetración ácida en los dedos y casi simultáneamente, el sabor de la naranja en el paladar y el hilillo de saliva suelta y delgada que le llenó la boca de una corriente dulce. Fue como si el limpiabotas no le hubiera frotado la naranja en el zapato sino en la lengua. Sonó un golpe en la cajita y hubo un instantáneo y mecánico cambio de pies sobre la plataforma.

Sólo entonces (cuando se desvaneció en su boca la última naranja exprimida) Natanael vio el rostro del muchacho. «Parece joven», pensó. Al menos está a prudente distancia para parecerlo, pensó; y se quedó mirando durante breves segundos la habilidad con que el limpiabotas realizaba su tarea. Repentinamente (cuando desapareció el último rastro de la naranja) Natanael habló. «¿Es usted soltero?» dijo.

El muchacho no levantó la vista. Siguió con la cabeza baja, untando el betún rojo en el zapato derecho. Cuando acabó de hacerlo respondió:

–Depende.

–¿Depende de que?, preguntó Natanael.

–Depende de lo que usted entienda por soltero, respondió el limpiabotas, todavía sin levantar la cabeza.

Natanael dio una chupada al cigarrillo. Se inclinó hacia adelante, hasta donde quedó con los codos apoyados sobre las rodillas. «Quiero decir que si es casado.»

–Ya eso es otra cosa, dijo el muchacho. Y dio un golpe en la cajita con el reverso del cepillo para un nuevo cambio de pie.

«En ese caso sí soy soltero» dijo.

Natanael volvió a poner el zapato izquierdo en la plataforma. El limpiabotas, con un aire de absoluta indiferencia, inició otra vez el motivo popular que estaba silbando cuando fue interrumpido por la pregunta inicial. Después de permanecer un instante estirado en la silla, con la cabeza echada hacia atrás, Natanael chupó el cigarrillo por última vez y sin retirarlo de la boca volvió a apoyar los codos en las rodillas. El humo lo obligó a cerrar un ojo. Hizo una nueva pregunta, con el cigarrillo aún entre los labios, pero él mismo no la entendió. Levantó una mano, retiró el cigarrillo, y dejó la boca libre para hablar. «Cómo se llama eso», preguntó.

El muchacho cortó el silbido en el aire. «¿Qué?»

—Que cómo se llama eso, volvió a decir Natanael.

—Entiendo, dijo el limpiabotas. Dejó de cepillar el zapato y levantó la cabeza para hacerse entender. «Lo que le pregunto es que qué es lo que quiere saber cómo se llama.»

—Lo que está silbando, dijo Natanael.

—Ya eso es otra cosa, dijo el muchacho. «No sé cómo se llama.»

Hizo una pirueta malabarista con el cepillo, volvió a su tarea y acomodó el zapato que se estaba desviando de la plataforma. «Lo canta la gente por ahí», dijo. Y se puso a silbar con mayor fuerza.

Cuando descendió de la plataforma, Natanael vio brillar, a la luz que se filtraba por entre los árboles, el resplandor rojo de sus zapatos. Parecían nuevos. Tan nuevos que ahora era el vestido lo que deslucía en el conjunto. Arrojó la colilla al otro lado de la calle, sacó un billete y se lo entregó al limpiabotas. Pero el muchacho dijo que no tenía para el cambio.

«No importa», dijo Natanael. «Vamos hasta la tienda de la esquina.» Y caminaron por la calle sombría, bajo los árboles tristes que habían empezado a envejecer en la espera de una estación retardada. A mitad de cuadra, Natanael, que caminaba con las manos en los bolsillos, frotando el billete que llevaba envuelto en el índice, habló sin intención. Habló antes de que tuviera tiempo para decidirlo. «¿Le gustan?», preguntó.

El muchacho no se volvió a mirarlo.

«¿Qué?», preguntó a su vez.

–Que si le gustan, repitió Natanael.

–Entiendo, dijo el muchacho. Y sólo entonces se volvió para mirarlo de lado. «Lo que le pregunto es que qué es lo que usted me pregunta si me gusta.»

–Los árboles, dijo Natanael. Y sacó una mano del bolsillo para arrancar la ramita que reverdecía a la altura de su cabeza.

–Ya eso es otra cosa, dijo el muchacho. «Pero, de todos modos, eso depende.»

–Depende de qué, dijo Natanael. Y estrujó las hojas contra el billete que se envolvía en su índice.

–Depende de lo que uno quiera hacer con los árboles, dijo el limpiabotas.

Natanael se detuvo. Volvió a guardar las manos en los bolsillos del pantalón y se puso de espaldas a la calle, con el frente hacia la acera por donde el muchacho seguía avanzando. «Quiero decir que si le gustan como espectáculo.»

–No sé qué es eso, dijo el limpiabotas sin volver la cabeza.

–Espectáculo es lo que se ve, dijo Natanael. Y empezó a caminar de nuevo.

–Ya eso es otra cosa, dijo el limpiabotas. «Pues

francamente, si es apenas para verlos no me gustan los árboles.» Miró por encima de su hombro y comentó: «Debían servir para alguna otra cosa».

Habían llegado a la esquina. Cruzaron la calle, a compás, repentinamente absortos, como si las últimas palabras del muchacho hubieran agotado todos los argumentos. Natanael penetró a la tienda, compró una cajita de goma de mascar (fue lo primero que vio en el frasco de golosinas), y regresó a la puerta donde lo esperaba el limpiabotas. Le entregó dos monedas; le entregó la cajita y hasta le habría preguntado si le gustaba la goma de mascar, pero el muchacho se dio vuelta en el acto y se alejó sin darle las gracias.

Parado otra vez en la esquina, donde un momento antes se trabaron los cuatro vientos, se arregló de nuevo el nudo de corbata. Ahora no parecía viva. Era, simplemente, una corbata gris como cualquiera en el cuello de cualquier hombre sin rumbo. Sin embargo –y a pesar de que la corbata había perdido su primitivo aspecto de animal vivo– ya la resolución estaba hecha desde antes. Ahora se sentía bien. Un poco mal trajeado pero con los zapatos limpios. Sólo necesitaba un ligero esfuerzo (con los ojos cerrados, si era posible) para caminar media cuadra, no ya en la dirección de la calle; en la dirección de la avenida. Debía entrar en la sexta casa de la acera. Lo sabía, porque contó las puertas, aunque le habría bastado con advertir que era la única casa que permanecía con las luces encendidas. Nunca había transitado por esa calle, no porque estuviera demasiado distante de su apartamento, sino porque sólo existía una ruta para él. La única ruta para todos los días de su vida, del apartamento a la oficina. Antes de esa noche, nunca sintió necesidad de salir. Hacía calor; deseaba respirar el aire de la calle que era tibio y vital después de haber pasado por la respiración de los árboles. Estuvo caminando sin dirección. No sabía cuánto tiempo estuvo caminando sin dirección. Y allí mismo, cuando se disponía a regresar, vio una salita estrecha, decorada con innumerables objetos de fantasía. En un rincón de la salita, sola sentada en un sofá, estaba una mujer. Tenía la actitud deliberada de quien espera a alguien que puede llegar en cualquier momento. Tenía la desolada actitud de quien espera ese momento, desde el principio de la mujer; tal vez desde antes de la persona esperada. No era bella (recordaba Natanael, todavía indeciso, en la esquina) ni tampoco tenía, al menos a primera vista, la apariencia de lo que se conoce generalmente como una mujer bella. Pero está sentada, de espaldas a la luz, haciendo nada más que eso. Esperando. Y al verla, Natanael pensó que si había llegado ese instante sin que terminara la espera, era porque la mujer podía estar esperándolo a él. Esperando al único hombre que nunca había visto en su vida.

Parado exactamente en el vacío donde antes estuvo el nudo de los cuatro vientos, Natanael no tomaba una resolución definitiva. Debía recorrer la media cuadra que lo separaba de la mujer. Y al no decidirse, se sentía culpable. Culpable de todo lo que puede serlo un hombre que permanece parado en una esquina, sin resolverse, mientras seis casas más allá una mujer lo espera. Al principio no había podido explicarse ese profundo sentimiento contradictorio que lo invadía; esa doliente desazón que lo habitaba. Pero ahora (pensándolo) tenía la impresión de que le sería difícil continuar viviendo con el remordimiento de no hacer nada, en un instante en que habría podido realizarlo, todo, con sólo rectificar, otra vez, el nudo de su corbata. Y antes de que su conciencia hubiera tenido tiempo de tomar la resolución definitiva, se sintió caminando con pasos medidos, inconscientes, a lo largo de una avenida purificada por el aire de los árboles bajos.

A última hora, cuando recobró de nuevo el sentido de la orientación, habría podido arrepentirse. Iba a seguir de largo. Pero la mujer estaba ahí, como la había visto antes, sentada en el rincón; con la falda plegada sobre los muslos. Cuando pasó frente a la ventana, la mujer no regresó de la abstracción; no cambió de actitud, sino que siguió con la mirada fija en un cielo indefinido. Arrancaba motitas del sofá, distraídamente, como si las motitas le estuvieran dando la medida de su espera. Natanael estaba en dirección a la puerta. Estaba, todavía indeciso, parado frente a la puerta. Y sólo cuando la firme decisión del minuto anterior tambaleó a la orilla de su propio equilibrio, Natanael se mordió los labios y entró.

La mujer regresó como de un sueño; se estiró un poco; sacudió la cabeza ligeramente, viendo ya al hombre que se paró frente a ella, silencioso, concreto, iluminado por una clara expresión familiar. Cuando la mujer lo miró, Natanael sintió los pies apoyados en la vértebra del milagro. Y cuando la mujer preguntó qué deseaba, con una voz que daba vueltas más allá de lo convencional, Natanael volvió a rectificar el nudo de su corbata y lo advirtió puntual, presente, como si sus dedos hubieran rozado la orilla del milagro.

–¿Qué desea?, repitió la mujer.

−DESEO CASARME CON USTED, dijo Natanael. Al oírse a sí mismo, tal vez no supo por qué lo dijo. Sólo supo que en este instante la mujer, sentada en el sofá, volvió a ser la mujer, y él mismo un hombre solo, sin rumbo, sin dirección, en la mitad de una sala desconocida.

La mujer pretendió hablar, pero se contuvo. Visiblemente indignada, volvió a sumergirse en el indefinido espacio que la había rodeado antes, pero no ya con su primitivo gesto de abandono. Su indiferencia, ahora, era falsa; era una forma de su desconcierto. Cruzó las piernas; se alisó, con el dorso de la mano, el reborde de la falda. Con las manos enlazadas se puso a darse golpecitos con el índice, en la rodilla cubierta por el reborde de la falda. Natanael se había sentado frente a ella. La mujer lo miró de soslayo y empezó a mover ligeramente la cabeza, al ritmo de una secreta y creciente pulsación interior. Se estaba dando golpecitos en la rodilla, por encima del reborde de la falda. Y cuando vio a Natanael, sentado, en una paciente y conmovedora actitud de desconcierto y de espera, ella se echó contra el espaldar del sofá, se apoyó en la palma de las manos y habló con palabras cortas. «Tenga la bondad de salir», dijo. Y agregó que si no salía llamaría a CLOTILDE.

Natanael volvió a arreglarse el nudo de la corbata. No acostumbraba hacerlo; pero ahora, ignorando en absoluto quién podía ser Clotilde, sentía que la presencia del nudo en su tacto era otra vez una necesidad. Ahora estaba más tranquilo. Tal vez la mujer no seguiría hablando, pensó; pero si él lo hacía, era posible que viniera Clotilde. Deseaba saber quién era Clotilde. Deseaba conocerla.

–Estoy hablando en serio, señorita, dijo. Y se inclinó hacia adelante, con los codos apoyados en los brazos de la butaca. «Deseo casarme con usted», repitió, aunque en realidad había pensado una cosa completamente distinta. «Deseo casarme con Clotilde», había pensado; pero no se atrevió a decirlo.

Algo inesperado debió suceder entonces, porque la mujer modificó por completo su actitud hostil y se tornó lejana, indiferente, como si hubiera vuelto a sentirse sola en la casa. Inclinado en la butaca, Natanael se sintió ahora con fuerzas para seguir hablando. Tal vez ahora no sabía si era oportuno decir todo lo que había pensado antes, cuando aún no se decidía a entrar en la casa, pero se sentía seguro y satisfecho de haber cumplido con una obligación. Y sentía que para un hombre que visitaba por primera vez a una mujer, seguir hablando era también una obligación. Ella haría venir a Clotilde, pensó. Era eso lo único que podía suceder.

–Lo cierto, dijo Natanael, después de una pausa, es que usted no me comprende. Y trató de acentuar la voz en un ritmo persuasivo, familiar, antes de seguir hablando. «No siempre se debe ser como los emboladores», dijo; sin saber, ahora tampoco, en qué momento había pensado decirlo.

La mujer continuó impasible, abstracta, con las piernas cruzadas y los brazos caídos en el regazo. Tal vez ella misma no sabía por qué estaba actuando en esa forma; por qué no recobró (cuando el hombre empezó a hablar de nuevo) su natural expresión de hostilidad. Era como si otra vez se sintiera sola en la casa.

Natanael sintió que algo había quedado sin enmendar en sus palabras anteriores.

–Los emboladores son TAMBIÉN gente indecisa, dijo. Ni siquiera saben responder, antes de pensarlo dos veces, si son casados o solteros. A VECES, cuando uno se está haciendo lustrar los zapatos, les pregunta por pura curiosidad si son casados o solteros y ellos responden siempre una idiotez: «Depende...».

La mujer seguía distante. Las manos abandonadas en el regazo parecían haber descubierto la clave secreta de la situación. Después de todo (debía pensar la mujer) un hombre que entra a una casa sin ningún motivo, debe salir de ella por una razón igual, mientras no encuentre otro motivo para permanecer sentado. Y la mujer debía pensar que era ese otro motivo lo único que no podría encontrar el hombre que permanecía frente a ella.

–No cree usted, señorita, siguió diciendo Natanael, ya casi con vehemencia. «¿No cree usted que la única manera de que un hombre no sea soltero es que se haya casado?»

La mujer no pudo contener, al oírlo, una risita que pasó haciendo equilibrio entre la burla y la diversión. Fue como si repentinamente hubiera comprendido que el hombre, inofensivo, solo pretendía divertirse un rato a costa suya. Y tal vez porque así lo pensó, la mujer se volvió a mirarlo ahora con una mirada densa y directa, que dejó en Natanael la sensación de que por primera vez en su vida lo habían mirado por completo.

Sonriente, la mujer retornó a su posición inicial, Natanael volvió a pensar en Clotilde; y habló.

–Es cierto, señorita, dijo. «Sólo a un embolador se le ocurre decir que no sabe si es casado, antes de afirmar que es soltero.»

La mujer no pudo contenerse por más tiempo. Su estiramiento se disolvió; rió con franqueza y dijo a su desconocido, con un espontáneo ademán de coquetería, que no siguiera hablando simplicidades. Era mejor que se retirara, dijo.

Pero Natanael no sonrió. Por el contrario, se inclinó un poco más hacia adelante, para distinguir mejor el rostro de la mujer. Su voz se desvió en un énfasis repentino. «No son simplicidades, dijo; estoy hablando en serio.» Y sacó un cigarrillo.

—Los emboladores son la gente más indecisa del mundo, repitió.

Rayó un fósforo en la cajita, encendió el cigarrillo y se puso en pie para dejar la cerilla en el cenicero, hablando mientras lo hacía. Y dijo que los limpiabotas son tan indiferentes, tan simples, que se alegran la vida silbando tonadillas cuyos nombres desconocen. «Si por lo menos admiraran el nombre de la canción», dijo. Si pudieran decir que silban porque la música les despierta recuerdos olvidados. «Pero no, silban simplemente por silbar», dijo; y tendió el índice hacia la mujer.

—Eso sí es una simplicidad.

La mujer lo miró. Sin embargo, los ojos no se fijaron ahora en el rostro que empezaba a iluminarse al influjo de una secreta embriaguez, sino en la mano que reposaba sobre la butaca. Una mano larga, descuidada, que sostenía un cigarrillo cuya ceniza amenazaba con desprenderse. Natanael siguió hablando, sin preocuparse de que la mujer, repentinamente, se hubiera interesado por sus palabras. Ahora hablaba solo, sin oírse quizás, como lo hacía cada vez que cerraba las puertas de su apartamento.

—Ya ve que era en serio, señorita. Cuando usted en-

cuentre un hombre que desearía que los árboles sirvie-
ran para algo más que para admirar su verde ya puede
usted estar segura de que ese hombre es un embolador.

La mujer habló de repente; lo interrumpió. «Lo
único que faltaba era eso», dijo. Se sentó derecha en
el sofá y aclaró:

—Lo único que faltaba era que me echara a perder
la alfombra con la ceniza.

Natanael se inclinó hacia adelante, sin mover la
mano que sostenía el cigarrillo y llevó a la butaca el
cenicero de la mesa de centro. Se sentía consecuente
con la mujer; pero su consecuencia era inconsciente-
mente irónica. Cuando descargó el cigarrillo y volvió a arder la brasa con una fuerza limpia, ni siquiera se sintió decepcionado. Tal vez pensaba ahora que
la mujer era absurda, indiferente. Tal vez pensaba
que las respuestas del limpiabotas debían parecer in-
teresantes a una mujer de inteligencia normal. Pero
ésta –la que lo había esperado durante tanto tiempo–
se preocupaba más por la limpieza de sus alfombras
que por el modo de pensar de los limpiabotas. Era
una mujer sin sentido común, pensó: y se volvió a
mirarla en el instante en que ella repetía, fastidiada,
que había llegado al extremo final de su paciencia.
«No me interesan nada sus limpiabotas», dijo con
frialdad.

—Eso he descubierto, dijo Natanael. Y, ahora, él
fue quien se sintió solo en la casa.

Tal vez por eso no se puso en pie, sino que apoyó
los codos, con mayor fuerza, en los brazos de la butaca. Dio una nueva chupada al cigarrillo. «Usted
no», dijo admirando el sabor que ya se maduraba en
sus palabras. Y empezó a expulsar el humo. «Usted
no: pero tal vez Clotilde me entienda.»

OJOS DE PERRO AZUL

(1950)

Entonces me miró. Yo creía que me miraba por primera vez. Pero luego, cuando dio la vuelta por detrás del velador y yo seguía sintiendo sobre el hombro, a mis espaldas, su resbaladiza y oleosa mirada, comprendí que era yo quien la miraba por primera vez. Encendí un cigarrillo. Tragué el humo áspero y fuerte, antes de hacer girar el asiento, equilibrándolo sobre una de las patas posteriores. Después de eso la vi ahí, como había estado todas las noches, parada junto al velador, mirándome. Durante breves minutos estuvimos haciendo nada más que eso: mirarnos. Yo mirándola desde el asiento, haciendo equilibrio en una de sus patas posteriores. Ella de pie, con una mano larga y quieta sobre el velador, mirándome. Le veía los párpados iluminados como todas las noches. Fue entonces cuando recordé lo de siempre, cuando le dije: «Ojos de perro azul». Ella me dijo, sin retirar la mano del velador: «Eso. Ya no lo olvidaremos nunca». Salió de la órbita, suspirando: «Ojos de perro azul. He escrito eso por todas partes».

La vi caminar hacia el tocador. La vi aparecer en la luna circular del espejo mirándome ahora al final de una ida y vuelta de luz matemática. La vi seguir mirándome con sus grandes ojos de ceniza encendida: mirándome mientras abría la cajita enchapada de nácar rosado. La vi empolvarse la nariz. Cuando acabó de hacerlo, cerró la cajita y volvió a ponerse en pie y caminó de nuevo hacia el velador, diciendo: «Temo que alguien sueñe con esta habitación y me revuelva mis cosas»; y tendió sobre la llama la misma mano larga y trémula que había estado calentando antes de sentarse al espejo. Y dijo: «¿No sientes el frío?». Y yo le dije: «A veces». Y ella me dijo: «Debes sentirlo ahora». Y entonces comprendí por qué no había podido estar solo en el asiento. Era el frío lo que me daba la certeza de mi soledad. «Ahora lo siento –dije–. Y es raro, porque la noche está quieta. Tal vez se me ha rodado la sábana.» Ella no respondió. Empezó a moverse otra vez hacia el espejo y volví a girar sobre el asiento para quedar de espaldas a ella. Sin verla sabía lo que estaba haciendo. Sabía que estaba otra vez sentada frente al espejo, viendo mis espaldas, que habían tenido tiempo para llegar hasta el fondo del espejo y ser encontradas por la mirada de ella, que también había tenido el tiempo justo para llegar hasta el fondo y regresar –antes que la mano tuviera tiempo de iniciar la segunda vuelta– hasta los labios que estaban ahora untados de carmín, desde la primera vuelta de la mano frente al espejo. Yo veía, frente a mí, la pared lisa, y sin cuadros. La pared lisa que era como otro espejo ciego, donde yo no la veía a ella –sentada a mis espaldas–, pero imaginándola dónde estaría si en lugar de la pared hubiera sido puesto un espejo. «Te veo», le dije. Y vi en la pared como si ella hubiera levantado los ojos y me hubiera visto de espaldas en el asiento, al fondo del espejo, con la cara vuelta hacia la pared. Después la vi bajar los párpados, otra vez, y quedarse con los ojos quietos en su corpiño, sin hablar. Y yo volví a decirle: «Te veo». Y ella volvió a levantar los ojos desde su corpiño. «Es imposible», dijo. Yo pregunté por qué. Y ella, con los ojos otra vez quietos en el corpiño: «Porque tienes la cara vuelta contra la pared». Entonces yo hice girar el asiento. Tenía el cigarrillo apretado en la boca. Cuando quedé frente al espejo ella estaba otra vez junto al velador. Ahora tenía las manos abiertas sobre la llama, como dos abiertas alas de gallina, asándose, y con el rostro sombreado por sus propios dedos. «Creo que me voy a enfriar –dijo–. Ésta debe ser una ciudad helada.» Volvió el rostro de perfil y su piel de cobre al rojo se volvió repentinamente triste. «Haz algo contra eso», dije. Y ella empezó a desvestirse, pieza por pieza, empezando por arriba; por el corpiño. Le dije: «Voy a voltearme contra la pared». Ella dijo: «No. De todos modos me verías como me viste cuando estabas de espaldas». Y no había acabado de decirlo cuando ya estaba desvestida casi por completo, con la llama lamiéndole la larga piel de cobre. «Siempre había querido verte así, con el cuero de la barriga lleno de hondos agujeros, como si te hubieran hecho a palos.» Y antes que yo cayera en la cuenta de que mis palabras se habían vuelto torpes frente a su desnudez, ella se quedó inmóvil, calentándose en la órbita del velador, y dijo: «A veces creo que soy metálica». Guardó silencio un instante. La posición de las manos sobre la llama varió levemente. Yo dije: «A veces, en otros sueños, he creído que no eres sino una estatuilla de bronce en el rincón de algún museo. Tal vez por eso sientes frío». Y ella me dijo: «A veces, cuando me duermo sobre el corazón, siento que la piel se pone dura. Siento que el cuerpo se me vuelve hueco y la piel como una lámina. Entonces, cuando la sangre me golpea por dentro, es como si alguien me estuviera llamando con los nudillos en el vientre y siento mi propio sonido de cobre en la cama. Es como si fuera así como tú dices: de metal laminado». Se acercó más al velador. «Me habría gustado oírte», dije. Y ella dijo: «Si alguna vez nos encontramos pon el oído en mis costillas, cuando me duerma sobre el lado izquierdo, y me oirás resonar. Siempre he deseado que lo hagas alguna vez». La oí respirar hondo, mientras hablaba. Y dijo que durante varios años no había hecho nada distinto de eso. Su vida estaba dedicada a encontrarme en la realidad, al través de esa frase identificadora: «Ojos de perro azul». Y en la calle, iba diciendo en voz alta, que era una manera de decirle a la única persona que habría podido entenderla:

«Yo soy la que llega a tus sueños todas las noches y te dice esto: ojos de perro azul.» Y dijo que iba a los restaurantes y les decía a los mozos, antes de ordenar el pedido: «Ojos de perro azul». Pero los mozos le hacían una respetuosa reverencia, sin que hubieran recordado nunca haber dicho eso en sus sueños. Después escribía en las servilletas y rayaba con el cuchillo el barniz de las mesas: «Ojos de perro azul». Y en los cristales empañados de los hoteles, de las estaciones, de todos los edificios públicos, escribía con el índice: «Ojos de perro azul». Dijo que una vez llegó a una droguería y advirtió el mismo olor que había sentido en su habitación una noche, después de haber soñado conmigo. «Debe estar cerca», pensó, viendo el embaldosado limpio y nuevo de la droguería. Entonces se acercó al dependiente y le dijo: «Siempre sueño con un hombre que me dice: "Ojos de perro azul"». Y dijo que el vendedor la había mirado a los ojos y le dijo: «En realidad, señorita, usted tiene los ojos así». Y ella le dijo: «Necesito encontrar al hombre que me dijo en sueños eso mismo». Y el vendedor se echó a reír y se movió hacia el otro lado del mostrador. Ella siguió viendo el embaldosado limpio y sintiendo el olor. Y abrió la cartera y se arrodilló y escribió sobre el embaldosado, a grandes letras rojas, con la barrita de carmín para labios: «Ojos de perro azul». El vendedor regresó de donde estaba. Le dijo: «Señorita, usted ha manchado el embaldosado». Le entregó un trapo húmedo, diciendo: «Límpielo». Y ella dijo, todavía junto al velador, que pasó toda la tarde a gatas, lavando el embaldosado y diciendo: «Ojos de perro azul», hasta cuando la gente se congregó en la puerta y dijo que estaba loca.

Ahora, cuando acabó de hablar, yo seguía en el rincón, sentado, haciendo equilibrio en la silla. «Yo trato de recordar todos los días la frase con que debo encontrarte –dije–. Ahora creo que mañana no lo olvidaré. Sin embargo, siempre he dicho lo mismo y siempre he olvidado al despertar cuáles son las palabras con que puedo encontrarte.» Y ella dijo: «Tú mismo las inventaste desde el primer día». Y yo le dije: «Las inventé porque te vi los ojos de ceniza. Pero nunca los recuerdo a la mañana siguiente». Y ella, con los puños cerrados junto al velador, respiró hondo: «Si por lo menos pudiera recordar ahora en qué ciudad lo he estado escribiendo».

Sus dientes apretados relumbraron sobre la llama.

«Me gustaría tocarte ahora», dije. Ella levantó el rostro que había estado mirando la lumbre; levantó la mirada ardiendo, asándose también como ella, como sus manos; y yo sentí que me vio oscuro, en el rincón, donde seguía sentado, meciéndome en el asiento. «Nunca me habías dicho eso», dijo. «Ahora lo digo y es verdad», dije. Al otro lado del velador ella pidió un cigarrillo. La colilla había desaparecido de entre mis dedos. Había olvidado que estaba fumando. Dijo: «No sé por qué no puedo recordar dónde lo he escrito». Y yo le dije: «Por lo mismo que yo no podré recordar mañana las palabras». Y ella dijo, triste: «No. Es que a veces creo que eso también lo he soñado». Me puse en pie y caminé hacia el velador. Ella estaba un poco más allá, y yo seguía caminando, con los cigarrillos y los fósforos en la mano, que no pasaría el velador. Le tendí el cigarrillo. Ella lo apretó entre los labios y se inclinó para alcanzar la llama, antes que yo tuviera tiempo de encender el fósforo. «En alguna ciudad del mundo, en todas las paredes, tienen que estar escritas esas palabras: "Ojos de perro azul" –dije–. Si mañana las recordara iría a buscarte.» Ella levantó otra vez la cabeza y tenía ya la brasa encendida en los labios. «Ojos de perro azul», suspiró, recordando, con el cigarrillo caído sobre la barba y un ojo a medio cerrar. Aspiró después el humo, con el cigarrillo entre los dedos, y exclamó: «Ya esto es otra cosa. Estoy entrando en calor». Y lo dijo con la voz un poco tibia y huidiza, como si no lo hubiera dicho realmente sino como si lo hubiera escrito en un papel y hubiera acercado el papel a la llama mientras yo leía: «Estoy entrando –y ella hubiera seguido con el papelito entre el pulgar y el índice, dándole vueltas, mientras se iba consumiendo y yo acababa de leer– ... en calor», antes de que el papelito se consumiera por completo y cayera al suelo arrugado, disminuido, convertido en un liviano polvo de ceniza. «Así es mejor –dije–. A veces me da miedo verte así. Temblando junto al velador.»

Nos veíamos desde hacía varios años. A veces, cuando ya estábamos juntos, alguien dejaba caer afuera una cucharita y despertábamos. Poco a poco habíamos ido comprendiendo que nuestra amistad estaba subordinada a las cosas, a los acontecimientos más simples. Nuestros encuentros terminaban siempre así, con el caer de una cucharita en la madrugada.

Ahora, junto al velador, me estaba mirando. Yo recordaba que antes también me había mirado así, desde aquel remoto sueño en que hice girar el asiento sobre sus patas posteriores y quedé frente a una desconocida de ojos cenicientos. Fue en ese sueño en el que le pregunté por primera vez: «¿Quién es usted?». Y ella me dijo: «No lo recuerdo». Yo le dije: «Pero creo que nos hemos visto antes». Y ella dijo, indiferente: «Creo que alguna vez soñé con usted, con este mismo cuarto». Y yo le dije: «Eso es. Ya empiezo a recordarlo». Y ella dijo: «Qué curioso. Es cierto que nos hemos encontrado en otros sueños».

Dio dos chupadas al cigarrillo. Yo estaba todavía parado frente al velador cuando me quedé mirándola de pronto. La miré de arriba abajo y todavía era de cobre; pero no ya de metal duro y frío, sino de cobre amarillo, blando, maleable. «Me gustaría tocarte», volví a decir. Y ella dijo: «Lo echarías todo a perder». Yo dije: «Ahora no importa. Bastará con que demos vuelta a la almohada para que volvamos a encontrarnos». Y tendí la mano por encima del velador. Ella no se movió. «Lo echarías todo a perder –volvió a decir, antes que yo pudiera tocarla–. Tal vez, si das la vuelta por detrás del velador, despertaríamos sobresaltados quién sabe en qué parte del mundo.» Pero yo insistí: «No importa». Y ella dijo: «Si diéramos vuelta a la almohada, volveríamos a encontrarnos. Pero tú, cuando despiertes, lo habrás olvidado». Empecé a moverme hacia el rincón. Ella quedó atrás, calentándose las manos sobre la llama. Y todavía no estaba yo junto al asiento cuando le oí decir a mis espaldas: «Cuando despierto a medianoche, me quedo dando vueltas en la cama, con los hilos de la almohada ardiéndome en la mejilla y repitiendo hasta el amanecer: ojos de perro azul».

Entonces yo me quedé con la cara contra la pared. «Ya está amaneciendo –dije sin mirarla–. Cuando dieron las dos estaba despierto y de eso hace mucho rato.» Yo me dirigí hacia la puerta. Cuando tenía agarrada la manivela, oí otra vez su voz igual, invariable: «No abras esa puerta –dijo–. El corredor está lleno de sueños difíciles». Y yo le dije: «¿Cómo lo sabes?». Y ella me dijo: «Porque hace un momento estuve allí y tuve que regresar cuando descubrí que estaba dormida sobre el corazón». Yo tenía la puerta entreabierta. Moví un poco la hoja y un airecillo frío y tenue me trajo un fresco olor a tierra vegetal, a campo húmedo. Ella habló otra vez. Yo di la vuelta, moviendo todavía la hoja montada en goznes silenciosos, y le dije: «Creo que no hay ningún corredor aquí afuera. Siento el olor del campo». Y ella, un poco lejana ya, me dijo: «Conozco esto más que tú. Lo que pasa es que allá afuera está una mujer soñando con el campo». Se cruzó de brazos sobre la llama. Siguió hablando: «Es esa mujer que siempre ha deseado tener una casa en el campo y nunca ha podido salir de la ciudad». Yo recordaba haber visto la mujer en algún sueño anterior, pero sabía, ya con la puerta entreabierta, que dentro de media hora debía bajar al desayuno. Y dije: «De todos modos, tengo que salir de aquí para despertar».

Afuera el viento aleteó un instante, se quedó quieto después y se oyó la respiración de un durmiente que acababa de darse vuelta en la cama. El viento del campo se suspendió. Ya no hubo más olores. «Mañana te reconoceré por eso –dije–. Te reconoceré cuando vea en la calle una mujer que escriba en las paredes: ojos de perro azul.» Y ella, con una sonrisa triste –que era ya una sonrisa de entrega a lo imposible, a lo inalcanzable–, dijo: «Sin embargo no recordarás nada durante el día». Y volvió a poner las manos sobre el velador, con el semblante oscurecido por una niebla amarga: «Eres el único hombre que, al despertar, no recuerda nada de lo que ha soñado».

LA MUJER QUE LLEGABA
A LAS SEIS

(1950)

La puerta oscilante se abrió. A esa hora no había nadie en el restaurante de José. Acababan de dar las seis y el hombre sabía que sólo a las seis y media empezarían a llegar los parroquianos habituales. Tan conservadora y regular era su clientela, que no había acabado el reloj de dar la sexta campanada cuando una mujer entró, como todos los días a esa hora, y se sentó sin decir nada en la alta silla giratoria. Traía un cigarrillo sin encender, apretado entre los labios.

–Hola, reina –dijo José cuando la vio sentarse. Luego caminó hacia el otro extremo del mostrador, limpiando con un trapo seco la superficie vidriada. Siempre que entraba alguien al restaurante, José hacía lo mismo. Hasta con la mujer con quien había llegado a adquirir un grado de casi intimidad, el gordo y rubicundo mesonero representaba su diaria comedia de hombre diligente. Habló desde el otro extremo del mostrador.

–¿Qué quieres hoy? –dijo.

–Primero que todo, quiero enseñarte a ser caballero –dijo la mujer. Estaba sentada al final de la hilera de sillas giratorias, de codos en el mostrador, con el cigarrillo apagado en los labios. Cuando habló apretó la boca para que José advirtiera el cigarrillo sin encender.

—No me había dado cuenta —dijo José.

—Todavía no te has dado cuenta de nada —dijo la mujer.

El hombre dejó el trapo en el mostrador, caminó hacia los armarios oscuros, olorosos a alquitrán y a madera polvorienta, y regresó luego con los fósforos. La mujer se inclinó para alcanzar la lumbre que ardía entre las manos rústicas y velludas del hombre. José vio el abundante cabello de la mujer, empavonado de vaselina gruesa y barata. Vio su hombro descubierto, por encima del corpiño floreado. Vio el nacimiento del seno crepuscular, cuando la mujer levantó la cabeza, ya con la brasa entre los labios.

—Estás hermosa hoy, reina —dijo José.

—Déjate de tonterías —dijo la mujer—. No creas que eso me va a servir para pagarte.

—No quise decir eso, reina —dijo José—. Apuesto a que hoy te hizo daño el almuerzo.

La mujer tragó la primera bocanada de humo denso, se cruzó de brazos, todavía con los codos apoyados en el mostrador, y se quedó mirando hacia la calle, al través del amplio cristal del restaurante. Tenía una expresión melancólica. De una melancolía hastiada y vulgar.

—Te voy a preparar un buen bistec —dijo José.

—Todavía no tengo plata —dijo la mujer.

—Hace tres meses que no tienes plata y siempre te preparo algo bueno —dijo José.

—Hoy es distinto —dijo la mujer, sombríamente, todavía mirando hacia la calle.

–Todos los días son iguales –dijo José–. Todos los días el reloj marca las seis, entonces entras y dices que tienes un hambre de perro y entonces yo te preparo algo bueno. La única diferencia es ésa, que hoy no dices que tienes un hambre de perro, sino que el día es distinto.

–Y es verdad –dijo la mujer. Se volvió a mirar el hombre que estaba al otro lado del mostrador, registrando la nevera. Estuvo contemplándolo durante dos, tres segundos. Luego miró el reloj, arriba del armario. Eran las seis y tres minutos–. Es verdad, José. Hoy es distinto –dijo. Expulsó el humo y siguió hablando con palabras cortas, apasionadas–. Hoy no vine a las seis, por eso es distinto, José.

El hombre miró el reloj.

–Me corto el brazo si ese reloj se atrasa un minuto –dijo.

–No es eso, José. Es que hoy no vine a las seis –dijo la mujer–. Vine a las seis menos cuarto.

–Acaban de dar las seis, reina –dijo José–. Cuando tú entraste acababan de darlas.

–Tengo un cuarto de hora de estar aquí –dijo la mujer.

José se dirigió hacia donde ella estaba. Acercó a la mujer su enorme cara congestionada, mientras tiraba con el índice de uno de sus párpados.

–Sóplame aquí –dijo.

La mujer echó la cabeza hacia atrás. Estaba seria, fastidiada, blanda; embellecida por una nube de tristeza y cansancio.

–Déjate de tonterías, José. Tú sabes que hace más de seis meses que no bebo.

El hombre sonrió.

–Eso se lo vas a decir a otro –dijo–. A mí no. Te

apuesto a que por lo menos se han tomado un litro entre dos.

—Me tomé dos tragos con un amigo –dijo la mujer.

—Ah; entonces ahora me explico –dijo José.

—Nada tienes que explicarte –dijo la mujer–. Tengo un cuarto de hora de estar aquí.

El hombre se encogió de hombros.

—Bueno, si así lo quieres, tienes un cuarto de hora de estar aquí –dijo–. Después de todo, a nadie le importan nada diez minutos más o diez minutos menos.

—Sí importan, José –dijo la mujer. Y estiró los brazos por encima del mostrador, sobre la superficie vidriada, con un aire de negligente abandono. Dijo–: Y no es que yo lo quiera: es que hace un cuarto de hora que estoy aquí. –Volvió a mirar el reloj y rectificó–: Qué digo, ya tengo veinte minutos.

—Está bien, reina –dijo el hombre–. Un día entero con su noche te regalaría yo para verte contenta.

Durante todo este tiempo José había estado moviéndose detrás del mostrador, removiendo objetos, quitando una cosa de un lugar para ponerla en otro. Estaba en su papel.

—Quiero verte contenta –repitió. Se detuvo bruscamente, volviéndose hacia donde estaba la mujer–. ¿Tú sabes que te quiero mucho?

La mujer lo miró con frialdad.

—¿Síííí...? Qué descubrimiento, José. ¿Crees que me quedaría contigo por un millón de pesos?

—No he querido decir eso, reina –dijo José–. Vuelvo a apostar a que te hizo daño el almuerzo.

—No te lo digo por eso –dijo la mujer. Y su voz se volvió menos indolente–. Es que ninguna mujer soportaría una carga como la tuya ni por un millón de pesos.

José se ruborizó. Le dio la espalda a la mujer y se puso a sacudir el polvo en las botellas del armario. Habló sin volver la cara.

—Estás insoportable hoy, reina. Creo que lo mejor es que te comas el bistec y te vayas a acostar.

—No tengo hambre —dijo la mujer. Se quedó mirando otra vez la calle, viendo los transeúntes turbios de la ciudad atardecida. Durante un instante hubo un silencio turbio en el restaurante. Una quietud interrumpida apenas por el trasteo de José en el armario. De pronto la mujer dejó de mirar hacia la calle y habló con la voz apagada, tierna, diferente.

—¿Es verdad que me quieres, Pepillo?

—Es verdad —dijo José, en seco, sin mirarla.

—¿A pesar de lo que te dije? —dijo la mujer.

—¿Qué me dijiste? —dijo José, todavía sin inflexiones en la voz, todavía sin mirarla.

—Lo del millón de pesos —dijo la mujer.

—Ya lo había olvidado —dijo José.

—Entonces, ¿me quieres? —dijo la mujer.

—Sí —dijo José.

Hubo una pausa. José siguió moviéndose con la cara vuelta hacia los armarios, todavía sin mirar a la mujer. Ella expulsó una nueva bocanada de humo, apoyó el busto contra el mostrador, y luego, con cautela y picardía, mordiéndose la lengua antes de decirlo, como si hablara en puntillas:

—¿Aunque no me acueste contigo? —dijo.

Y sólo entonces José volvió a mirarla.

—Te quiero tanto que no me acostaría contigo —dijo. Luego caminó hacia donde ella estaba. Se quedó mirándola de frente, los poderosos brazos apoyados en el mostrador, delante de ella; mirándola a los ojos, dijo–: Te quiero tanto que todas las tardes mataría al hombre que se va contigo.

En el primer instante la mujer pareció perpleja. Después miró al hombre con atención, con una ondulante expresión de compasión y burla. Después guardó un breve silencio, desconcertada. Y después rió estrepitosamente.

–Estás celoso, José. Qué rico, ¡estás celoso!

José volvió a sonrojarse con una timidez franca, casi desvergonzada, como le habría ocurrido a un niño a quien le hubieran revelado de golpe todos los secretos. Dijo:

–Esta tarde no entiendes nada, reina. –Y se limpió el sudor con el trapo. Dijo–: La mala vida te está embruteciendo.

Pero ahora la mujer había cambiado de expresión.

–Entonces no –dijo.

Y volvió a mirarlo a los ojos, con un extraño esplendor en la mirada, a un tiempo acongojado y desafiante.

–Entonces, no estás celoso.

–En cierto modo, sí –dijo José–. Pero no es como tú dices.

Se aflojó el cuello y siguió limpiándose, secándose la garganta con el trapo.

–¿Entonces? –dijo la mujer.

–Lo que pasa es que te quiero tanto que no me gusta que hagas eso –dijo José.

–¿Qué? –dijo la mujer.

–Eso de irte con un hombre distinto todos los días –dijo José.

–¿Es verdad que lo matarías para que no se fuera conmigo? –dijo la mujer.

–Para que no se fuera, no –dijo José–. Lo mataría porque se fue contigo.

–Es lo mismo –dijo la mujer.

La conversación había llegado a densidad excitante. La mujer hablaba en voz baja, suave, fascinada. Tenía la cara casi pegada al rostro saludable y pacífico del hombre, que permanecía inmóvil, como hechizado por el vapor de las palabras.

–Todo eso es verdad –dijo José.

–Entonces –dijo la mujer, y extendió la mano para acariciar el áspero brazo del hombre. Con la otra arrojó la colilla– ... entonces, ¿tú eres capaz de matar a un hombre?

–Por lo que te dije, sí –dijo José. Y su voz tomó una acentuación casi dramática.

La mujer se echó a reír convulsivamente, con una abierta intención de burla.

–Qué horror, José. Qué horror –dijo, todavía riendo–. José matando a un hombre. Quién hubiera dicho que detrás del señor gordo y santurrón, que nunca me cobra, que todos los días me prepara un bistec y que se distrae hablando conmigo hasta cuando encuentro un hombre, hay un asesino. ¡Qué horror, José! ¡Me das miedo!

José estaba confundido. Tal vez sintió un poco de indignación. Tal vez, cuando la mujer se echó a reír se sintió defraudado.

–Estás borracha, tonta –dijo–. Vete a dormir. Ni siquiera tendrás ganas de comer nada.

Pero la mujer, ahora, había dejado de reír y estaba otra vez seria, pensativa, apoyada en el mostrador. Vio alejarse al hombre. Lo vio abrir la nevera y cerrarla otra vez, sin extraer nada de ella. Lo vio moverse después hacia el extremo opuesto del mostrador. Lo vio frotar el vidrio reluciente, como al principio. Entonces la mujer habló de nuevo, con el tono enternecedor y suave de cuando dijo: «¿Es verdad que me quieres, Pepillo?».

–José –dijo.

El hombre no la miró.

–¡José!

–Vete a dormir –dijo José–. Y métete un baño antes de acostarte para que se te serene la borrachera.

–En serio, José –dijo la mujer–. No estoy borracha.

–Entonces te has vuelto bruta –dijo José.

–Ven acá, tengo que hablar contigo –dijo la mujer.

El hombre se acercó, tambaleando entre la complacencia y la desconfianza.

–¡Acércate!

El hombre volvió a pararse frente a la mujer. Ella se inclinó hacia adelante, lo asió fuertemente por el cabello, pero con un gesto de evidente ternura.

–Repíteme lo que me dijiste al principio –dijo.

–¿Qué? –dijo José. Trataba de mirarla con la cabeza agachada, asido por el cabello.

–Que matarías a un hombre que se acostara conmigo –dijo la mujer.

–Es verdad –dijo José.

–Repítemelo, palabra por palabra –dijo la mujer.

–Mataría a un hombre que se hubiera acostado contigo, reina. Es verdad –dijo José.

La mujer lo soltó.

–¿Entonces me defenderías si yo lo matara? –dijo, afirmativamente, empujando con un movimiento de brutal coquetería la enorme cabeza de cerdo de José. El hombre no respondió nada; sonrió.

—Contéstame, José —dijo la mujer—. ¿Me defenderías si yo lo matara?

—Eso depende —dijo José—. Tú sabes que eso no es tan fácil como decirlo.

—A nadie le cree más la policía que a ti —dijo la mujer.

José sonrió, digno, satisfecho. La mujer se inclinó de nuevo hacia él, por encima del mostrador.

—Es verdad, José. Me atrevería a apostar que nunca has dicho una mentira —dijo.

—No se saca nada con eso —dijo José.

—Por lo mismo —dijo la mujer—. La policía lo sabe y te cree cualquier cosa sin preguntártelo dos veces.

José se puso a dar golpecitos en el mostrador, frente a ella, sin saber qué decir. La mujer miró nuevamente hacia la calle. Miró luego el reloj y modificó el tono de la voz, como si tuviera interés en concluir el diálogo antes que llegaran los primeros parroquianos.

—¿Por mí dirías una mentira, José? —dijo—. En serio.

Y entonces José se volvió a mirarla, bruscamente, a fondo, como si una idea tremenda se le hubiera agolpado dentro de la cabeza. Una idea que entró por un oído, giró por un momento, vaga, confusa, y salió luego por el otro dejando apenas un cálido vestigio de pavor.

—¿En qué lío te has metido, reina? —dijo José. Se inclinó hacia adelante, los brazos otra vez cruzados sobre el mostrador. La mujer sintió el vaho fuerte y un poco amoniacal de su respiración, que se hacía difícil por la presión que ejercía el mostrador contra el estómago del hombre.

—Esto sí es en serio, reina. ¿En qué lío te has metido? —dijo.

La mujer hizo girar la cabeza hacia el otro lado.

—En nada —dijo—. Sólo estaba hablando por entretenerme.

Luego volvió a mirarlo.

—¿Sabes que quizá no tengas que matar a nadie?

—Nunca he pensado matar a nadie —dijo José, desconcertado.

—No, hombre —dijo la mujer—. Digo que a nadie que se acueste conmigo.

—¡Ah! —dijo José—. Ahora sí que estás hablando claro. Siempre he creído que no tienes necesidad de andar en esa vida. Te apuesto a que si te dejas de eso te doy el bistec más grande de todos los días, sin cobrarte nada.

—Gracias, José —dijo la mujer—. Pero no es por eso. Es que ya no podré acostarme con nadie.

—Ya vuelves a enredar las cosas —dijo José. Empezaba a parecer impaciente.

—No enredo nada —dijo la mujer. Se estiró en el asiento y José vio sus senos aplanados y tristes debajo del corpiño.

—Mañana me voy y te prometo que no volveré a molestarte nunca. Te prometo que no volveré a acostarme con nadie.

—¿Y de dónde te salió esa fiebre? —dijo José.

—Lo resolví hace un rato —dijo la mujer—. Sólo hace un momento me di cuenta de que eso es una porquería.

José agarró otra vez el trapo y se puso a frotar el vidrio cerca de ella. Habló sin mirarla.

Dijo:

—Claro que como tú lo haces es una porquería. Hace tiempo que debiste darte cuenta.

—Hace tiempo que me estaba dando cuenta —dijo

la mujer–, pero sólo hace un rato acabé de convencerme. Les tengo asco a los hombres.

José sonrió. Levantó la cabeza para mirar, todavía sonriendo, pero la vio concentrada, perpleja, hablando, y con los hombros levantados; balanceándose en la silla giratoria, con una expresión taciturna, el rostro dorado por una prematura harina otoñal.

–¿No te parece que deben dejar tranquila a una mujer que mate a un hombre porque después de haber estado con él siente asco de ese y de todos los que han estado con ella?

–No hay para qué ir tan lejos –dijo José, conmovido, con un hilo de lástima en la voz.

–¿Y si la mujer le dice al hombre que le tiene asco cuando lo ve vistiéndose, porque se acuerda de que ha estado revolcándose con él toda la tarde y siente que ni el jabón ni el estropajo podrán quitarle su olor?

–Eso pasa, reina –dijo José, ahora un poco indiferente, frotando el mostrador–. No hay necesidad de matarlo. Simplemente, dejarlo que se vaya.

Pero la mujer seguía hablando, y su voz era una corriente uniforme, suelta, apasionada.

–¿Y si cuando la mujer le dice que le tiene asco, el hombre deja de vestirse y corre otra vez para donde ella, a besarla otra vez, a...?

–Eso no lo hace ningún hombre decente –dijo José.

–¿Pero, y si lo hace? –dijo la mujer, con exasperante ansiedad–. ¿Si el hombre no es decente y lo hace y entonces la mujer siente que le tiene tanto asco que se puede morir, y sabe que la única manera de acabar con todo es dándole una cuchillada por debajo?

–Esto es una barbaridad –dijo José–. Por fortuna no hay hombre que haga lo que tú dices.

–Bueno –dijo la mujer, ahora completamente exasperada–. ¿Y si lo hace? Suponte que lo hace.

–De todos modos no es para tanto –dijo José. Seguía limpiando el mostrador, sin cambiar de lugar, ahora menos atento a la conversación.

La mujer golpeó el vidrio con los nudillos. Se volvió afirmativa, enfática.

–Eres un salvaje, José –dijo–. No entiendes nada. –Lo agarró con fuerza por la manga–. Anda, di que sí debía matarlo la mujer.

–Está bien –dijo José, con un sesgo conciliatorio–. Todo será como tú dices.

–¿Eso no es defensa propia? –dijo la mujer, sacudiéndole por la manga.

José le echó entonces una mirada tibia y complaciente.

–Casi, casi –dijo. Y le guiñó un ojo, en un gesto que era al mismo tiempo una comprensión cordial y un pavoroso compromiso de complicidad. Pero la mujer siguió seria; lo soltó.

–¿Echarías una mentira para defender a una mujer que haga eso? –dijo.

–Depende –dijo José.

–¿Depende de qué? –dijo la mujer.

–Depende de la mujer –dijo José.

–Suponte que es una mujer que quieres mucho –dijo la mujer–. No para estar con ella, ¿sabes?, sino como tú dices que la quieres mucho.

–Bueno, como tú quieras, reina –dijo José, laxo, fastidiado.

Otra vez se alejó. Había mirado el reloj. Había visto que iban a ser las seis y media. Había pensado que dentro de unos minutos el restaurante empezaría a llenarse de gente y tal vez por eso se puso a frotar el vidrio con mayor fuerza, mirando hacia la calle a través del cristal de la ventana. La mujer permanecía en la silla, silenciosa, concentrada, mirando con un aire de declinante tristeza los movimientos del hombre. Viéndolo, como podría ver a un hombre una lámpara que ha empezado a apagarse. De pronto, sin reaccionar, habló de nuevo, con la voz untuosa de mansedumbre.

—¡José!

El hombre la miró con una ternura densa y triste, como un buey maternal. No la miró para escucharla; apenas para verla, para saber que estaba ahí, esperando una mirada que no tenía por qué ser de protección o de solidaridad. Apenas una mirada de juguete.

—Te dije que mañana me voy y no me has dicho nada —dijo la mujer.

—Sí —dijo José—. Lo que no me has dicho es para dónde.

—Por ahí —dijo la mujer—. Para donde no haya hombres que quieran acostarse con una.

José volvió a sonreír.

—¿En serio te vas? —preguntó, como dándose cuenta de la vida, modificando repentinamente la expresión del rostro.

—Eso depende de ti —dijo la mujer—. Si sabes decir a qué hora vine, mañana me iré y nunca más me pondré en estas cosas. ¿Te gusta eso?

José hizo un gesto afirmativo con la cabeza, sonriente y concreto. La mujer se inclinó hacia donde él estaba.

—Si algún día vuelvo por aquí, me pondré celosa

cuando encuentre otra mujer hablando contigo, a esta hora y en esta misma silla.

—Si vuelves por aquí debes traerme algo —dijo José.

—Te prometo buscar por todas partes el osito de cuerda, para traértelo —dijo la mujer.

José sonrió y pasó el trapo por el aire que se interponía entre él y la mujer, como si estuviera limpiando un cristal invisible. La mujer también sonrió, ahora con un gesto de cordialidad y coquetería. Luego, el hombre se alejó frotando el vidrio hacia el otro extremo del mostrador.

—¡José!

—¿Qué? —dijo José, sin mirarla.

—¿Verdad que a cualquiera que te pregunte a qué hora vine le dirás que a las seis menos cuarto? —dijo la mujer.

—¿Para qué? —dijo José, todavía sin mirarla y ahora como si apenas la hubiera oído.

—Eso no importa —dijo la mujer—. La cosa es que lo hagas.

José vio entonces al primer parroquiano que penetró por la puerta oscilante y caminó hasta una mesa del rincón. Miró el reloj. Eran las seis y media en punto.

—Está bien, reina —dijo distraídamente—. Como tú quieras. Siempre hago las cosas como tú quieres.

—Bueno —dijo la mujer—. Entonces, prepárame el bistec.

El hombre se dirigió a la nevera, sacó un plato con carne y lo dejó en la mesa. Luego encendió la estufa.

—Te voy a preparar un buen bistec de despedida, reina —dijo.

—Gracias, Pepillo —dijo la mujer.

Se quedó pensativa como si de repente se hubiera sumergido en un submundo extraño, poblado de formas turbias, desconocidas. No oyó, del otro lado del mostrador, el ruido que hizo la carne fresca al caer en la manteca hirviente. No oyó, después, la crepitación seca y burbujeante cuando José dio vuelta al lomillo en el caldero y el olor suculento de la carne sazonada fue saturando, a espacios medidos, el aire del restaurante. Se quedó así concentrada, reconcentrada, hasta cuando volvió a levantar la cabeza, pestañeando, como si regresara de una muerte momentánea. Entonces vio al hombre que estaba junto a la estufa, iluminado por el alegre fuego ascendente.

–Pepillo.

–¡Ah!

–¿En qué piensas? –dijo la mujer.

–Estaba pensando si podrás encontrar en alguna parte el osito de cuerda –dijo José.

–Claro que sí –dijo la mujer–. Pero lo que quiero que me digas es si me darás todo lo que te pidiera de despedida.

José la miró desde la estufa.

–¿Hasta cuándo te lo voy a decir? –dijo–. ¿Quieres algo más que el mejor bistec?

–Sí –dijo la mujer.

–¿Qué? –dijo José.

–Quiero otro cuarto de hora.

José echó el cuerpo hacia atrás para mirar el reloj. Miró luego al parroquiano que seguía silencioso, aguardando en el rincón, y finalmente a la carne, dorada en el caldero. Sólo entonces habló.

–En serio que no entiendo, reina –dijo.

–No seas tonto, José –dijo la mujer–. Acuérdate que estoy aquí desde las cinco y media.

LA NOCHE DE LOS ALCARAVANES

(1950)

Estábamos sentados, los tres, en torno a la mesa cuando alguien introdujo una moneda en la ranura y el Wurlitzer volvió a iniciar el disco de toda la noche. Los demás no tuvimos tiempo de pensarlo. Sucedió antes de que recordáramos dónde nos encontrábamos; antes de que hubiéramos recobrado el sentido de la orientación. Uno de nosotros extendió la mano por encima del mostrador, rastreando (nosotros no veíamos la mano. La oíamos), tropezó con un vaso y se quedó quieto después, con las dos manos descansando sobre la dura superficie. Entonces los tres nos buscamos en la sombra y nos encontramos allí, en las coyunturas de los treinta dedos que se amontonaban sobre el mostrador. Uno dijo:

—Vamos.

Y nos pusimos en pie, como si nada hubiera sucedido. Todavía no habíamos tenido tiempo para desconcertarnos.

En el corredor, al pasar, oímos la música cercana, girando contra nosotros. Sentimos el olor a mujeres tristes, sentadas y esperando. Sentimos el prolongado vacío del corredor delante de nosotros, mientras caminábamos hacia la puerta, antes de que saliera a recibirnos el otro olor agrio de la mujer que se sentaba junto a la puerta. Nosotros dijimos:

—Nos vamos.

La mujer no respondió nada. Sentimos el crujido de un mecedor, cediendo hacia arriba, cuando ella se puso en pie. Sentimos las pisadas en la madera suelta y otra vez el retorno de la mujer, cuando volvieron a crujir los goznes y la puerta se ajustó a nuestras espaldas.

Nos dimos vuelta. Allí mismo, detrás, había un duro aire cortante de madrugada invisible, y una voz que decía:

—Apártense de ahí, voy a pasar con esto.

Nos echamos hacia atrás. Y la voz volvió a decir:

—Todavía están contra la puerta.

Y sólo entonces, cuando nos habíamos movido hacia todos lados y habíamos encontrado la voz por todas partes, dijimos:

—No podemos salir de aquí. Los alcaravanes nos sacaron los ojos.

Después oímos abrirse varias puertas. Uno de nosotros se soltó de las otras manos y lo oímos arrastrarse en la sombra, vacilando, tropezando con los objetos que nos rodeaban. Habló desde algún sitio de la oscuridad.

—Ya debemos estar cerca —dijo—. Por aquí hay un olor a baúles amontonados.

Sentimos otra vez el contacto de sus manos; nos recostamos contra la pared y otra voz pasó entonces pero en dirección contraria.

—Pueden ser ataúdes —dijo uno de nosotros.

El que se había arrastrado hasta el rincón y respiraba ahora a nuestro lado dijo:

–Son baúles. Desde pequeño aprendí a distinguir el olor de la ropa guardada.

Entonces nos movimos hacia allá. El suelo era blando y liso, como de tierra pisada. Alguien extendió una mano. Sentimos un contacto de piel larga y viva, pero ya no sentimos la pared del otro lado.

–Esto es una mujer –dijimos.

El otro, el que había hablado de los baúles, dijo:

–Creo que está durmiendo.

El cuerpo se sacudió bajo nuestras manos, tembló; lo sentimos escurrirse, pero no como si se hubiera puesto fuera de nuestro alcance, sino como si hubiera dejado de existir. Sin embargo, después de un instante en que permanecimos quietos, endurecidos, recostados, hombro contra hombro, oímos su voz.

–¿Quién anda por ahí? –dijo.

–Somos nosotros –respondimos sin movernos.

Se oyó el movimiento en la cama; el crujir y el rastreo de los pies buscando las pantuflas en la oscuridad. Entonces imaginamos a la mujer sentada, mirándonos cuando todavía no acababa de despertar.

–¿Qué hacen aquí? –dijo.

Y nosotros dijimos:

–No lo sabemos. Los alcaravanes nos sacaron los ojos.

La voz dijo que había oído algo de eso. Que los periódicos habían dicho que tres hombres estaban tomando cerveza en un patio donde había cinco o seis alcaravanes. Siete alcaravanes. Uno de los hombres se puso a cantar como un alcaraván, imitándolos.

–Lo malo fue que dio una hora retrasada –dijo–. Fue entonces cuando los pájaros saltaron a la mesa y les sacaron los ojos.

Dijo que eso habían dicho los periódicos, pero que nadie les había creído. Nosotros dijimos:

—Si la gente fue allá debieron ver los alcaravanes.

Y la mujer dijo:

—Fueron. El patio estaba lleno de gente, al otro día, pero la mujer ya se había llevado los alcaravanes a otra parte.

Cuando nos dimos la vuelta, la mujer dejó de hablar. Allí estaba otra vez la pared. Con sólo dar vueltas encontrábamos la pared. En torno a nosotros, cercándonos, estaba siempre una pared. Uno volvió a soltarse de nuestras manos. Lo oímos rastrear otra vez, olfateando el suelo, diciendo:

—Ahora no sé por dónde andan los baúles. Creo que ya andamos por otra parte.

Y nosotros dijimos:

—Ven acá. Alguien está aquí, junto a nosotros.

Lo oímos acercarse. Lo sentimos levantarse a nuestro lado y otra vez nos golpeó su aliento tibio en el rostro.

—Estira las manos hacia allá —le dijimos—. Allí hay alguien que nos conoce.

Él debió extender la mano; debió moverse hacia donde le indicamos, porque un instante después regresó para decirnos:

—Creo que es un muchacho.

Y le dijimos:

—Está bien, pregúntale si nos conoce.

Él hizo la pregunta. Oímos la voz apática y simple del muchacho que decía:

—Sí los conozco. Son los tres hombres a quienes los alcaravanes les sacaron los ojos.

Entonces habló una voz adulta. Una voz de mujer que parecía estar detrás de una puerta cerrada, diciendo:

–Ya estás hablando solo.

Y la voz infantil dijo despreocupadamente:

–No. Es que aquí están otra vez los hombres a quienes los alcaravanes les sacaron los ojos.

Se oyó un ruido de goznes y luego la voz adulta, más cercana que la primera vez.

–Llévalos a su casa –dijo.

Y el muchacho dijo:

–No sé dónde viven.

Y la voz adulta dijo:

–No seas de mala índole. Todo el mundo sabe dónde viven desde la noche en que los alcaravanes les sacaron los ojos.

Luego siguió hablando en otro tono; como si se dirigiera a nosotros:

–Lo que pasa es que nadie ha querido creerlo y dicen que fue una falsa noticia de los periódicos para aumentar las ventas. Nadie ha visto los alcaravanes.

Y nosotros dijimos:

–Pero usted nos está viendo a nosotros.

Y la voz adulta dijo:

–Pero nadie me creería si los llevo por la calle.

Nosotros no nos movíamos; estábamos quietos, recostados contra la pared, oyéndola. Y la mujer dijo:

–Si éste quiere llevarlos es distinto. Después de todo, nadie daría importancia a lo que dijera un muchacho.

La voz infantil intervino:

–Si salgo a la calle con ellos y digo que son los hombres a quienes los alcaravanes les sacaron los ojos, los muchachos me tirarían piedras. Todo el mundo dice por la calle que eso no puede suceder.

Hubo un instante de silencio. Luego la puerta volvió a cerrarse y el muchacho volvió a hablar:

—Además, ahora estoy leyendo a Terry y los Piratas.

Alguien nos dijo al oído:

—Voy a convencerlo.

Se arrastró hacia donde estaba la voz.

—Eso me gusta —dijo—. Por lo menos, dinos qué le pasó a Terry esta semana.

«Está tratando de hacerse a su confianza», pensamos. Pero el muchacho dijo:

—Eso no me interesa. Lo único que me gusta son los colores.

—Terry estaba en un laberinto —dijimos.

Y el muchacho dijo:

—Eso fue el viernes. Hoy es domingo y lo que me interesa son los colores —y lo dijo con la voz fría, desapasionada, indiferente.

Cuando el otro regresó, dijimos:

—Llevamos como tres días de estar perdidos y no hemos descansado una sola vez.

Y uno dijo:

—Está bien. Vamos a descansar un rato, pero sin soltarnos de la mano.

Nos sentamos. Un invisible sol tibio empezó a calentarnos en los hombros. Pero ni siquiera la presencia del sol nos interesaba. La sentíamos ahí, en cualquier parte, habiendo perdido ya la noción de las distancias, de la hora, de las direcciones. Pasaron varias voces.

—Los alcaravanes nos sacaron los ojos —dijimos.

Y una de las voces dijo:

–Éstos tomaron en serio a los periódicos.

Las voces desaparecieron. Y seguimos sentados, así, hombro contra hombro, esperando a que en aquel pasar de voces, en aquel de imágenes pasara un olor o una voz conocidos. El sol siguió calentando sobre nuestras cabezas. Entonces alguien dijo:

–Vamos otra vez hacia la pared.

Y los otros, inmóviles, con la cabeza levantada hacia la claridad visible:

–Todavía no. Esperemos siquiera a que el sol empiece a ardernos en la cara.

ALGUIEN DESORDENA ESTAS ROSAS

(1950)

Como es domingo y ha dejado de llover, pienso llevar un ramo de rosas a mi tumba. Rosas rojas y blancas, de las que ella cultiva para hacer altares y coronas. La mañana estuvo entristecida por este invierno taciturno y sobrecogedor que me ha puesto a recordar la colina donde la gente del pueblo abandona sus muertos. Es un sitio pelado, sin árboles, barrido apenas por las migajas providenciales que regresan después que el viento ha pasado. Ahora que dejó de llover y que el sol de mediodía debe haber endurecido el jabón de la cuesta, podría llegar hasta el túmulo en cuyo fondo reposa mi cuerpo de niño, ahora confundido, desmenuzado entre caracoles y raíces.

Ella está prosternada frente a sus santos. Permanece abstraída desde cuando dejé de moverme en la habitación, después de haber fracasado en el primer intento de llegar hasta el altar para coger las rosas más encendidas y frescas. Tal vez hoy hubiera podido hacerlo; pero la lamparita pestañeó, y ella, recobrada del éxtasis, levantó la cabeza y miró hacia el rincón donde está la silla. Debió pensar: «Es otra vez el viento», porque es verdad que algo crujió junto al altar y la habitación onduló un instante, como si hubiera sido removido el nivel de los recuerdos estancados en ella desde hace tanto tiempo. Entonces comprendí que debía aguardar una nueva ocasión para coger las rosas, porque ella continuaba despierta, mirando la silla, y habría podido sentir junto a su rostro el rumor de mis manos. Ahora debo esperar a que ella abandone la habitación, dentro de un momento, y vaya a la pieza vecina a dormir la siesta medida e invariable del domingo. Es posible que entonces pueda yo salir con las rosas para estar de regreso antes que ella vuelva a esta habitación y se quede mirando la silla.

El domingo pasado fue más difícil. Tuve que esperar casi dos horas a que ella cayera en el éxtasis. Parecía intranquila, preocupada, como si la hubiera atormentado la certidumbre de que súbitamente su soledad en la casa se había vuelto menos intensa. Dio varias vueltas por el cuarto con el ramo de rosas, antes de abandonarlo en el altar. Luego salió al pasadizo, viró adentro y se dirigió a la pieza vecina. Yo sabía que estaba buscando la lámpara. Y después, cuando volvió a pasar frente a la puerta y la vi en la claridad del corredor con el saquito oscuro y las medias rosadas, me pareció que era todavía igual a la niña que hace cuarenta años se inclinó sobre mi cama, en este mismo cuarto, y dijo: «Ahora que le han puesto los palillos, tiene los ojos abiertos y duros». Era igual, como si no hubiera transcurrido el tiempo desde aquella remota tarde de agosto en que las mujeres la trajeron al cuarto y le mostraron el cadáver y le dijeron: «Llora. Era como un hermano tuyo», y ella se recostó contra la pared, llorando, obedeciendo, todavía ensopada por la lluvia.

Desde hace tres o cuatro domingos estoy tratando de llegar hasta las rosas, pero ella ha permanecido vigilante frente al altar; vigilando las rosas con una sobresaltada diligencia que no le había conocido en los veinte años que lleva de vivir en la casa. El domingo pasado, cuando salió a buscar la lámpara, logré componer un ramo con las mejores rosas. En ningún momento he estado más cerca de realizar mi deseo. Pero cuando me disponía a regresar a la silla oí de nuevo las pisadas en el pasadizo, ordené brevemente las rosas en el altar; y entonces la vi aparecer en el vano de la puerta con la lámpara en alto.

Tenía puesto el saquito oscuro y las medias rosadas, pero había en su rostro algo como la fosforescencia de una revelación. No parecía entonces la mujer que desde hace veinte años cultiva rosas en el huerto, sino la misma niña que en aquella tarde de agosto trajeron a la pieza vecina para que se cambiara de ropa y que regresaba ahora con una lámpara, gorda y envejecida, cuarenta años después.

Mis zapatos tienen todavía la dura costra de barro que se les formó aquella tarde, a pesar de que permanecieron secándose durante veinte años junto al fogón apagado. Un día fui a buscarlos. Esto fue después de que clausuraron las puertas, descolgaron del umbral el pan y el ramo de sábila, y se llevaron los muebles. Todos los muebles, menos la silla del rincón que me ha servido para estar durante todo este tiempo. Yo sabía que los zapatos habían sido puestos a secar y que ni siquiera se acordaron de ellos cuando abandonaron la casa. Por eso fui a buscarlos.

Ella volvió muchos años después. Había transcurrido tanto tiempo, que el olor a almizcle del cuarto se había confundido con el olor del polvo, con el seco y minúsculo tufo de los insectos. Yo estaba solo en la casa, sentado en el rincón, esperando. Y había aprendido a distinguir el rumor de la madera en descomposición, el aleteo del aire volviéndose viejo en las alcobas cerradas. Entonces fue cuando ella vino. Se había parado en la puerta con una maleta en la mano, un sombrero verde y el mismo saquito de algodón que no se ha quitado desde entonces. Era todavía una muchacha. No había empezado a engordar, ni los tobillos le abultaban bajo las medias, como ahora. Yo estaba cubierto de polvo y telaraña cuando ella abrió la puerta y en alguna parte de la habitación guardó silencio el grillo que había estado cantando durante veinte años. Pero a pesar de eso, a pesar de la telaraña y el polvo, del brusco arrepentimiento del grillo y de la nueva edad de la recién llegada, yo reconocí en ella a la niña que en aquella tormentosa tarde de agosto me acompañó a coger nidos en el establo. Así como estaba, parada en la puerta, con la maleta en la mano y el sombrero verde, parecía como si de pronto fuera a ponerse a gritar, a decir lo mismo que dijo cuando me encontraron boca arriba entre la hierba del establo, todavía aferrado al travesaño de la escalera rota. Cuando ella abrió la puerta por completo, los goznes crujieron y el polvillo del techo se derrumbó a golpes, como si alguien se hubiera puesto a martillar en el caballete. Entonces ella vaciló en el marco de claridad, introduciendo después medio cuerpo en la habitación, y dijo con la voz de quien está llamando a una persona dormida: «¡Niño! ¡Niño!». Y yo permanecí quieto en la silla, rígido con los pies estirados.

Creí que sólo venía a ver el cuarto, pero siguió viviendo en la casa. Aireó la habitación y fue como si hubiera abierto la maleta y de ella hubiera salido su antiguo olor a almizcle. Los otros se llevaron los muebles y la ropa en los baúles. Ella sólo se había llevado los olores del cuarto; y veinte años después los trajo de nuevo, los colocó en su lugar y reconstruyó el altarcillo; igual que antes. Su sola presencia bastó para restaurar lo que la implacable laboriosidad del tiempo había destruido. Desde entonces come y duerme en la pieza de al lado, pero se pasa los días en ésta, conversando en silencio con los santos. Durante la tarde se sienta en el mecedor, junto a la puerta, y zurce la ropa mientras atiende a quienes vienen a comprarle flores. Ella se mece siempre mientras zurce la ropa. Y cuando viene alguien por un ramo de rosas, guarda la moneda en la esquina del pañuelo que se anuda a la cintura y dice invariablemente: «Cógelas de la derecha, que las de la izquierda son para los santos».

Así ha estado en el mecedor durante veinte años, zurciendo sus cositas, meciéndose, mirando hacia la silla, como si por ahora no cuidara del niño que compartió con ella las tardes de la infancia, sino del nieto inválido que está aquí, sentado en el rincón desde cuando la abuela tenía cinco años.

Es posible que ahora, cuando vuelva a bajar la cabeza, pueda acercarme a las rosas. Si logro hacerlo iré hasta la colina, las pondré sobre el túmulo y regresaré a mi silla, a esperar el día en que ella no vuelva al cuarto y cesen los ruidos en las piezas de al lado.

Este día habrá una transformación en todo esto, porque yo tendré que salir otra vez de la casa para avisarle a alguien de que la mujer de las rosas, la que vive sola en la casa arruinada, está necesitando cuatro hombres que la conduzcan a la colina. Entonces quedaré definitivamente solo en el cuarto. Pero en cambio ella estará satisfecha. Porque ese día sabrá que no era el viento invisible lo que todos los domingos llegaba a su altar y le desordenaba las rosas.

NABO, EL NEGRO QUE HIZO ESPERAR A LOS ÁNGELES

(1951)

Nabo estaba de bruces sobre la hierba muerta. Sentía el olor a establo orinado, estregándose en el cuerpo. Sentía en la piel gris y brillante el rescoldo tibio de los últimos caballos, pero no sentía la piel. Nabo no sentía nada. Era como si se hubiera quedado dormido con el último golpe de la herradura en la frente y ahora no tuviera más que ese solo sentido. Un doble sentido que le indicaba a la vez el olor a establo húmedo y el innumerable cositeo de los insectos invisibles en la hierba. Abrió los párpados. Volvió a cerrarlos y permaneció quieto, después, estirado, duro, como había estado toda la tarde, sintiéndose crecer sin tiempo, hasta cuando alguien dijo a sus espaldas: «Anda, Nabo. Ya dormiste bastante». Se volteó y no vio los caballos, pero la puerta estaba cerrada. Nabo debió imaginar que las bestias estaban en algún lugar de la oscuridad, a pesar de que no oía su impaciente cocear. Imaginaba que quien le hablaba lo hacía desde afuera de la caballeriza, porque la puerta estaba cerrada por dentro y la tranca corrida. Otra vez dijo la voz a sus espaldas: «Es cierto, Nabo, ya dormiste bastante. Tienes como tres días de estar durmiendo». Sólo entonces

Nabo abrió los ojos por completo y recordó: «Estoy aquí porque me pateó un caballo».

No sabía en qué hora estaba viviendo. Ahora los días habían quedado atrás. Era como si alguien hubiera pasado una esponja húmeda sobre aquellos remotos sábados en la noche en que iba a la plaza del pueblo. Se olvidó de la camisa blanca. Se olvidó de que tenía un sombrero verde, de paja verde, y un pantalón oscuro. Se olvidó de que no tenía zapatos. Nabo iba a la plaza los sábados en la noche; se sentaba en un rincón, callado, pero no para oír la música sino para ver al negro. Todos los sábados lo veía. El negro usaba anteojos de carey amarrados a las orejas y tocaba el saxófono en uno de los atriles posteriores. Nabo veía al negro, pero el negro no veía a Nabo. Por lo menos, si alguien hubiera sabido que Nabo iba a la plaza los sábados por la nohe para ver al negro y le hubiera preguntado –no ahora, porque no podría recordarlo– si el negro lo había visto alguna vez, Nabo habría dicho que no. Era lo único que hacía después de cepillar los caballos: ver al negro.

Un sábado, el negro no estuvo en su puesto de la banda. Nabo debió pensar al principio que no volvería a tocar en los conciertos populares, a pesar de que el atril estaba allí. Aunque precisamente por eso, porque el atril estaba allí, fue por lo que más tarde pensó que el negro volvería el sábado siguiente. Pero el sábado siguiente no volvió ni estaba el atril en su puesto.

Nabo se volteó sobre un costado y vio al hombre que le hablaba. Al principio no lo reconoció, borrado por la oscuridad de la caballeriza. El hombre estaba sentado en un saliente del entablado, hablando y dándose golpecitos en las rodillas. «Me pateó un caballo», volvió a decir Nabo, tratando de reconocer al hombre. «Es verdad –dijo el hombre–. Ahora los caballos no están aquí y te estamos esperando en el coro.» Nabo sacudió la cabeza. Todavía no había empezado a pensar. Pero ya creía haber visto al hombre en alguna parte. El hombre decía que a Nabo lo estaban esperando en el coro. Nabo no entendía, pero tampoco extrañaba que alguien le dijera eso, porque todos los días, mientras cepillaba los caballos, inventaba canciones para distraerlos. Después cantaba en la sala para distraer a la niña muda, con las mismas canciones de los caballos. Pero la niña estaba en otro mundo, en el mundo de la sala, sentada, con los ojos fijos en la pared. Si cuando cantaba alguien le hubiera dicho que lo llevaría a un coro, no se habría sorprendido. Ahora se sorprendía menos porque no entendía. Estaba fatigado, embotado, bruto. «Quiero saber dónde están los caballos», dijo. Y el hombre dijo: «Ya te dije que los caballos no están aquí; sólo nos interesaba traer una voz como la tuya». Y quizá boca abajo en la hierba, Nabo oía, pero no podía diferenciar el dolor que había dejado la herradura en la frente, de las otras sensaciones desordenadas. Volvió la cabeza en la hierba y se quedó dormido.

Nabo fue todavía durante dos o tres semanas a la plaza, a pesar de que el negro ya no estaba en la banda. Tal vez alguien le habría respondido si Nabo hubiera preguntado qué había sucedido con el negro. Pero no lo preguntó, sino que siguió asistiendo a los conciertos hasta cuando otro hombre, con otro saxófono, vino a ocupar el puesto del negro. Entonces Nabo se convenció de que el negro no volvería más y resolvió no volver él mismo a la plaza. Cuando despertó creía haber dormido muy poco tiempo. Todavía le ardía en la nariz el olor a hierba húmeda. Todavía permanecía la oscuridad delante de sus ojos, rodeándolo. Pero todavía el hombre estaba en el rincón. La voz oscura y pacífica del hombre que se golpeaba las rodillas, diciendo: «Te estamos esperando, Nabo. Tienes como dos años de estar durmiendo y no has querido levantarte». Entonces Nabo volvió a cerrar los ojos. Los abrió luego. Se quedó mirando hacia el rincón y vio otra vez al hombre, desorientado, perplejo. Sólo entonces lo reconoció.

Si los de la casa hubiéramos sabido qué hacía Nabo en la plaza los sábados en la noche habríamos pensado que cuando dejó de ir lo hizo porque ya tenía música en la casa. Esto fue cuando llevamos la ortofónica para distraer a la niña. Como se necesitaba una persona que le diera cuerda durante todo el día, pareció lo más natural que esa persona fuera Nabo. Podría hacerlo cuando no tuviera que atender los caballos. La niña permanecía sentada, oyendo los discos. A veces, cuando la música estaba sonando, la niña bajaba del asiento, sin dejar de mirar la pared, babeando, y se arrastraba hasta el corredor. Nabo levantaba la aguja y empezaba a cantar. Al principio, cuando llegó a la casa y le preguntamos qué sabía hacer, Nabo dijo que sabía cantar. Pero eso no le interesaba a nadie. Lo que se necesitaba era un muchacho que cepillara los caballos. Nabo se quedó, pero siguió cantando, como si lo hubiéramos aceptado para que cantara, y eso de cepillar los caballos no fuera sino una distracción que hacía más liviano el trabajo. Eso duró más de un año, hasta cuando los de la casa nos acostumbramos a la idea de que la niña no podría caminar, no reconocería a nadie, no dejaría de ser la niña muerta y sola que oía la ortofónica, mirando la pared fríamente, hasta cuando la levantábamos del asiento y la conducíamos al cuarto. Entonces dejó de dolernos; pero Nabo siguió fiel, puntual, dándole cuerda a la ortofónica. Eso fue por los días en que Nabo no había dejado de asistir a la plaza los sábados en la noche. Un día, cuando el muchacho estaba en la caballeriza, alguien dijo junto a la ortofónica: «Nabo». Estábamos en el corredor, sin preocuparnos de lo que nadie hubiera podido decir. Pero cuando oímos por segunda vez «Nabo», levantamos la cabeza y preguntamos: «¿Quién está con la niña?». Y alguien dijo: «No he visto entrar a nadie». Y otro dijo: «Estoy seguro de haber oído una voz que dijo: "Nabo"». Pero cuando fuimos a ver sólo encontramos a la niña en el suelo, recostada contra la pared.

Nabo regresó temprano y se acostó. Fue el sábado siguiente cuando no volvió a la plaza porque el negro ya había sido reemplazado, y tres semanas después, un lunes, la ortofónica empezó a sonar mientras Nabo se encontraba en la caballeriza. Nadie se preocupó al principio. Sólo después, cuando vimos venir al negrito, cantando y chorreando todavía el agua de los caballos, le dijimos: «¿Por dónde saliste?». Él dijo: «Por la puerta. Estaba en la caballeriza desde el mediodía». «La ortofónica está sonando. ¿No la oyes?», le dijimos. Y Nabo dijo que sí. Y nosotros le dijimos: «¿Quién le dio cuerda?». Y él encogiéndose de hombros: «La niña. Hace tiempo que es ella la que le da cuerda».

Así estuvieron las cosas hasta el día en que lo encontramos de bruces en la hierba, encerrado en la caballeriza y con la orilla de la herradura incrustada en la frente. Cuando lo levantamos por los hombros, Nabo dijo: «Estoy aquí porque me pateó un caballo». Pero nadie se interesó por lo que él pudiera decir. Nos interesaban los ojos fríos y muertos y la boca llena de espumarajos verdes. Pasó toda la noche llorando, ardido por la fiebre, delirando, hablando del peine que se perdió en los yerbales de la caballeriza. Eso fue el primer día. Al siguiente, cuando abrió los ojos y dijo: «Tengo sed», y le llevamos agua y se la bebió toda de un sorbo y pidió un poco más dos veces, le preguntamos cómo se sentía, y él dijo: «Me siento como si me hubiera pateado un caballo». Y siguió hablando durante todo el día y toda la noche. Y finalmente se sentó en la cama, señaló hacia arriba, con el índice, y dijo que el galope de los caballos no lo había dejado dormir en toda la noche. Pero desde la noche anterior no tenía fiebre. Ya no deliraba, pero siguió hablando hasta cuando le introdujeron un pañuelo en la boca. Entonces Nabo empezó a cantar por detrás del pañuelo: a decir que oía, junto a la oreja, la respiración de los caballos ciegos, buscando el agua por encima de la puerta cerrada. Cuando le quitamos el pañuelo para que comiera algo, se volteó contra la pared, y todos creímos que se había dormido, y hasta es posible que se hubira dormido un poco. Pero cuando despertó ya no estaba en la cama. Tenía los pies atados y las manos atadas a un horcón del cuarto. Amarrado, Nabo empezó a cantar.

Cuando lo reconoció Nabo le dijo al hombre: «Yo lo he visto antes». Y el hombre dijo: «Todos los sábados me veías en la plaza»; y Nabo dijo: «Es verdad, pero yo creía que yo lo veía a usted y usted no me veía». Y el hombre dijo: «Nunca te vi, pero después, cuando dejé de ir, sentí como si alguien hubiera dejado de verme los sábados»; y Nabo dijo: «Usted no volvió más, pero yo seguí yendo durante tres o cuatro semanas». Y el hombre, todavía sin moverse, dándose golpecitos en las rodillas: «Yo no podía volver a la plaza, a pesar de que era lo único que valía la pena». Nabo trató de incorporarse, sacudió la cabeza en la hierba y siguió oyendo la fría voz obstinada, hasta cuando ya no tuvo tiempo ni siquiera para saber que otra vez se estaba quedando dormido. Siempre, desde cuando lo pateó el caballo, le sucedía eso. Y siempre oía la voz: «Te estamos esperando, Nabo. Ya no hay manera de medir el tiempo que llevas de estar dormido».

Cuatro semanas después de que el negro no volvió a la banda, Nabo le estaba peinando la cola a uno de los caballos. Nunca lo había hecho. Simplemente los cepillaba y se ponía a cantar mientras tanto. Pero el miércoles había ido al mercado y había visto un peine y se había dicho: «Este peine para peinarle la cola a los caballos». Entonces fue cuando sucedió lo del caballo que le dio la patada y lo dejó atolondrado para toda la vida, diez o quince años antes. Alguien dijo en la casa: «Era preferible que se hubiera muerto aquel día y no que siguiera así, rematando, hablando disparates para toda la vida». Pero nadie había vuelto a verlo desde el día en que lo encerramos. Sólo sabíamos que estaba allí, encerrado en el cuarto, y que desde entonces la niña no había vuelto a mover la ortofónica. Pero en la casa apenas teníamos interés en saberlo. Lo habíamos encerrado como si fuera un caballo, como si la patada le hubiera comunicado la torpeza y se le hubiera incrustado en la frente toda la estupidez de los caballos: la animalidad. Y lo dejamos aislado en cuatro paredes, como si hubiéramos resuelto que se muriera de encierro porque no habíamos tenido la suficiente sangre fría para matarlo de otra manera. Así pasaron catorce años, hasta cuando uno de los niños creció y dijo que tenía deseos de verle la cara. Y abrió la puerta.

Nabo volvió a mirar al hombre. «Me pateó un caballo», dijo. Y el hombre dijo: «Hace siglos que estás diciendo eso y, mientras tanto, te estamos aguardando en el coro». Nabo volvió a sacudir la cabeza, volvió a hundir la frente herida en la hierba y creyó recordar, de pronto, cómo habían sucedido las osas. «Era la primera vez que le peinaba la cola a un caballo», dijo. Y el hombre dijo: «Nosotros lo quisimos así, para que vinieras a cantar en el coro». Y Nabo dijo: «No he debido comprar el peine». Y el hombre dijo: «De todos modos lo habrías encontrado. Nosotros habíamos resuelto que encontraras el peine y le peinaras la cola a los caballos». Y nabo dijo: «Nunca me había parado detrás». Y el hombre, todavía tranquilo, todavía sin parecer impaciente: «Pero te paraste y el caballo te pateó. Era la única manera de que vinieras al coro», y la conversación, implacable, diaria, continuó hasta cuando alguien dijo en la casa: «Hacía como quince años que nadie abría esa puerta». La niña (no había crecido. Había pasado de los treinta años y empezaba a entristecer en los párpados) estaba sentada, mirando la pared, cuando abrieron la puerta. Ella volteó el rostro, olfateando, hacia el otro lado. Y cuando cerraron la puerta, volvieron a decir: «Nabo está tranquilo. Ya no se mueve adentro. Un día de estos se morirá y no lo sabremos sino por el olor». Y alguien dijo: «Lo sabremos por la comida. Nunca ha dejado de comer. Está bien así, encerrado, sin que nadie lo moleste. Por el lado de atrás le entra buena luz». Y las cosas se quedaron de ese modo; sólo que la niña siguió mirando hacia la puerta, olfateando el vaho caliente que se filtraba por la hendidura. Estuvo así hasta la madrugada, cuando oímos un ruido metálico en la sala y recordamos que era el mismo ruido que se oía quince años atrás, cuando Nabo le daba cuerda a la ortofónica. Nos levantamos, encendimos la lámpara y oímos los primeros compases de la canción olvidada; de la canción triste que se había muerto en los discos desde hacía tanto tiempo. El ruido siguió sonando cada vez más forzado, hasta cuando se oyó un golpe seco, en el instante en que llegamos a la sala y sentimos que todavía el disco seguía sonando y vimos a la niña en el rincón junto a la ortofónica, mirando a la pared y con la manivela levantada, desprendida de la caja sonora. No nos movimos. La niña no se movió sino que siguió allí, quieta, endurecida, mirando la pared y con la manivela levantada. Nosotros no dijimos nada, sino que regresamos al cuarto, recordando que alguien nos había dicho alguna vez que la niña sabía darle cuerda a la ortofónica. Pensándolo nos quedamos sin dormir, oyendo la musiquita gastada del disco que seguía girando con el exceso de la cuerda rota.

El día anterior, cuando abrieron la puerta, olía adentro a desperdicios biológicos, a cuerpo muerto. El que había abierto gritó: «¡Nabo! ¡Nabo!». Pero nadie respondió desde adentro. Junto a la hendija estaba el plato vacío. Tres veces al día se introducía el plato por debajo de la puerta y tres veces el plato volvía a salir sin comida. Por eso sabíamos que Nabo estaba vivo. Pero nada más que por eso.

Ya no se movía adentro, ya no cantaba. Y debió ser después de que cerraron la puerta cuando Nabo dijo al hombre: «No puedo ir al coro». Y el hombre preguntó: «¿Por qué?». Y Nabo dijo: «Porque no tengo zapatos». Y el hombre, levantando los pies, dijo: «Eso no importa. Aquí nadie usa zapatos». Y Nabo vio la planta amarilla y dura de los pies descalzos que el hombre tenía levantados. «Hace una eternidad que estoy aquí», dijo el hombre. «Hace apenas un momento que me pateó el caballo –dijo Nabo–. Ahora me echaré un poco de agua en la cabeza y los llevaré a dar una vuelta.» Y el hombre dijo: «Ya los caballos no necesitan de ti. Ya no hay caballos. Eres tú quien debe venir con nosotros». Y Nabo dijo: «Los caballos deberían estar aquí». Se incorporó un poco, hundió las manos entre la hierba mientras el hombre decía: «Hace quince años que no tienen quien los cuide». Pero Nabo rasguñaba el suelo debajo de la hierba, diciendo: «Todavía debe estar el peine por aquí». Y el hombre decía: «La caballeriza la clausuraron hace quince años. Ahora está llena de escombros». Y Nabo decía: «No hay escombros que se formen en una tarde. Hasta que no encuentre el peine no me moveré de aquí».

Al día siguiente, después de que volvieron a asegurar la puerta, fue cuando volvieron a oírse los trabajosos movimientos interiores. Nadie se movió después. Nadie volvió a decir nada cuando se oyeron los primeros crujidos y la puerta empezó a ceder, presionada por una fuerza descomunal. Se oía, adentro, como el jadeo de una bestia acorralada. Finalmente se oyó el chasquido de los goznes oxidados al romperse, cuando Nabo volvió a sacudir la cabeza. «Mientras no encuentre el peine no iré al coro –dijo–. Debe estar por aquí.» Y escarbó en la hierba, rompiéndola, arañando el suelo, hasta cuando el hombre dijo: «Está bien, Nabo. Si lo único que esperas para venir al coro es encontrar el peine, anda a buscarlo». Se inclinó hacia adelante, oscurecido el rostro por una paciente soberbia. Apoyó las manos contra la talanquera, y dijo: «Anda, Nabo. Yo me encargaré de que nadie pueda detenerte».

Y entonces la puerta cedió, y el enorme negro bestial, con la áspera cicatriz marcada en la frente (a pesar de que habían transcurrido quince años) salió atropellándose por encima de los muebles, tropezando con las cosas, levantados y amenazantes los puños, que aún tenían la cuerda con que lo amarraron quince años antes (cuando era un muchachito negro que cuidaba los caballos); vociferando por los corredores, después de haber empujado con el hombro la puerta de una tempestad, pasó (antes de llegar al patio) junto a la niña, que permanecía sentada, todavía con la manivela de la ortofónica en la mano desde la noche anterior (ella al ver la negra fuerza desencadenada, recordó algo que en un tiempo debió ser palabra) y llegó al patio (antes de encontrar la caballeriza), después de haberse llevado con el hombro el espejo de la sala, pero sin ver a la niña (ni junto a la ortofónica ni el espejo), y se puso de cara al sol, con los ojos cerrados, ciego (cuando todavía no cesaba adentro el estrépito de los espejos rotos), y corrió sin dirección, como un caballo vendado, buscando instintivamente la puerta de la caballeriza que quince años de encierro habían borrado de su memoria pero no de sus instintos (desde aquel remoto día en que le peinó la cola al caballo y quedó atolondrado para toda la vida), y dejando atrás la catástrofe, la disolución, el caos, como un toro vendado en un cuarto lleno de lámparas, hasta cuando llegó al patio de atrás (todavía sin encontrar la caballeriza), y escarbó el suelo con esa furiosa tempestuosidad con que se había llevado el espejo, pensando quizá que al escarbar la hierba se levantaría de nuevo el olor a orín de yegua, antes de llegar por completo a las puertas de la caballeriza (y ahora más fuerte él mismo que su propia fuerza turbulenta) y empujarla antes de tiempo y caer adentro, de bruces, agonizante quizá, pero todavía ofuscado por esa feroz animalidad que medio segundo antes no le permitió oír a la niña que levantó la manivela, cuando lo vio pasar, y recordó babeando, pero sin moverse de la silla, sin mover la boca sino haciendo girar la manivela de la ortofónica en el aire, recordó la única palabra que había aprendido a decir en su vida y la gritó desde la sala: «¡Nabo! ¡Nabo!».

UN HOMBRE VIENE BAJO
LA LLUVIA

(1954)

Otras veces había experimentado el mismo sobresalto cuando se sentaba a oír la lluvia. Sentía crujir la verja de hierro; sentía pasos de hombre en el sendero enladrillado y ruidos de botas raspadas en el piso, frente al umbral. Durante muchas noches aguardó a que el hombre llamara a la puerta. Pero después, cuando aprendió a descifrar los innumerables ruidos de la lluvia, pensó que el visitante imaginario no pasaría nunca del umbral y se acostumbró a no esperarlo. Fue una resolución definitiva, tomada en esa borrascosa noche de septiembre, cinco años atrás, en que se puso a reflexionar sobre su vida, y se dijo: «A este paso, terminaré por volverme vieja». Desde entonces cambiaron los ruidos de la lluvia y otras voces reemplazaron a los pasos de hombre en el sendero de ladrillos.

Es cierto que a pesar de su decisión de no esperarlo más, en algunas ocasiones la verja volvió a crujir y el hombre raspó otra vez sus botas frente al umbral, como antes. Pero para entonces ella asistía a nuevas revelaciones de la lluvia. Entonces oía otra vez a Noel, cuando tenía quince años, enseñándole lecciones de catecismo a su papagayo; y oía la canción remota y triste del gramófono que vendieron a un corredor de baratijas, cuando murió el último hombre de la familia. Ella había aprendido a rescatar de la lluvia las voces perdidas en el pasado de la casa, las voces más puras y entrañables. De manera que hubo mucho de sorprendente y maravillosa novedad, esa noche de tormenta en que el hombre que tantas veces había abierto la verja de hierro caminó por el sendero enladrillado, tosió en el umbral y llamó dos veces a la puerta.

Oscurecido el rostro por una irreprimible ansiedad, ella hizo un breve gesto con la mano, volvió la vista hacia donde estaba la otra mujer y dijo: «Ya está ahí».

La otra estaba junto a la mesa, apoyados los codos en las gruesas tablas de roble sin pulir. Cuando oyó los golpes, desvió los ojos hacia la lámpara y pareció sacudida por una terebrante ansiedad.

—¿Quién puede ser a estas horas? —dijo.

Y ella, serena, otra vez, con la seguridad de quien está diciendo una frase madurada durante muchos años.

—Eso es lo de menos. Cualquiera que sea debe estar emparamado.

La otra se puso en pie, seguida minuciosamente por la mirada de ella. La vio coger la lámpara. La vio perderse en el corredor. Sintió, desde la sala en penumbras y entre el rumor de la lluvia que la oscuridad hacía más intenso, sintió los pasos de la otra, alejándose, cojeando en los sueltos y gastados ladrillos del zaguán. Luego oyó el ruido de la lámpara que tropezó con el muro y después la tranca, descorriéndose en las argollas oxidadas.

Por un momento no oyó nada más que voces distantes. El discurso remoto y feliz de Noel, sentado en un barril, dándole noticias de Dios a su papagayo. Oyó el crujido de la rueda en el patio, cuando papá Laurel abría el portón para que entrara el carro de los dos bueyes. Oyó a Genoveva alborotando la casa, como siempre, porque siempre, «siempre encuentro este bendito baño ocupado». Y después, otra vez a papá Laurel, desportillando sus palabrotas de soldado, tumbando golondrinas con la misma escopeta que utilizó en la última guerra civil para derrotar, él solo, a toda una división del gobierno. Hasta llegó a pensar que esta vez el episodio no pasaría de los golpes en la puerta, como antes no pasó de las botas raspadas en el umbral; y pensaba que la otra mujer había abierto y sólo había visto los tiestos de flores bajo la lluvia, y la calle triste y desierta.

Pero luego empezó a precisar voces en la oscuridad. Y oyó otra vez las pisadas conocidas y vio las sombras estiradas en la pared del zaguán. Entonces supo que después de muchos años de aprendizaje, después de muchas noches de vacilación y arrepentimiento, el hombre que abría la verja de hierro había decidido entrar.

La otra mujer regresó con la lámpara, seguida por el recién llegado; la puso en la mesa, y él –sin salir de la órbita de claridad– se quitó el impermeable, vuelto hacia la pared el rostro castigado por la tormenta. Entonces, ella lo vio por primera vez. Lo miró sólidamente al principio. Después lo descifró de pies a cabeza, concretándolo miembro a miembro con una mirada perseverante, aplicada y seria, como si en vez de un hombre hubiera estado examinando un pájaro. Finalmente volvió los ojos hacia la lámpara y comenzó a pensar: «Es él, de todos modos. A pesar de que lo imaginaba un poco más alto».

La otra mujer rodó una silla hasta la mesa. El hombre se sentó, cruzó una pierna y desató el cordón de la bota. La otra se sentó junto a él, hablándole con espontaneidad de algo que ella, en el mecedor, no alcanzaba a entender. Pero frente a los gestos sin palabras ella se sentía redimida de su abandono y advertía que el aire polvoriento y estéril olía de nuevo como antes, como si fuera otra vez la época en que había hombres que entraban sudando a las alcobas, y Úrsula, atolondrada y saludable, corría todas las tardes a las cuatro y cinco, a despedir el tren desde la ventana. Ella lo veía gesticular y se alegraba de que el desconocido procediera así; de que entendiera que después de un viaje difícil, muchas veces rectificado, había encontrado al fin la casa extraviada en la tormenta.

El hombre empezó a desabotonarse la camisa. Se había quitado las botas y estaba inclinado sobre la mesa, puesto a secar al calor de la lámpara. Entonces, la otra mujer se levantó, caminó hacia el armario y regresó a la mesa con una botella a medio empezar y un vaso. El hombre agarró la botella por el cuello, extrajo con los dientes el tapón de corcho y se sirvió medio vaso de licor verde y espeso. Luego bebió sin respirar, con una ansiedad exaltada. Y ella, desde el mecedor, observándolo, se acordó de esa noche en que la verja crujió por primera vez –¡hacía tanto tiempo!– y ella pensó que no había en la casa nada que darle al visitante, salvo esa botella de menta. Ella le había dicho a su compañera: «Hay que dejar la botella en el armario. Alguien puede necesitarla alguna vez». La otra le había dicho: «¿Quién?» Y ella: «Cualquiera», había respondido. «Siempre es bueno estar preparados por si viene alguien cuando llueve.» Habían transcurrido muchos años desde entonces. Y ahora el hombre previsto estaba allí, vertiendo más licor en el vaso.

Pero esta vez el hombre no bebió. Cuando se disponía a hacerlo, sus ojos se extraviaron en la penumbra, por encima de la lámpara, y ella sintió por primera vez el contacto tibio de su mirada. Comprendió que hasta ese instante el hombre no había caído en la cuenta de que había otra mujer en la casa; y entonces empezó a mecerse.

Por un momento el hombre la examinó con una atención indiscreta. Una indiscreción tal vez deliberada. Ella se desconcertó al principio; pero luego advirtió que también esa mirada le era familiar y que no obstante su escrutadora y algo impertinente obstinación había en ella mucho de la traviesa bondad de Noel y también un poco de la torpeza paciente y honrada de su papagayo. Por eso empezó a mecerse, pensando: «Aunque no sea el mismo que abría la verja de hierro, es como si lo fuera, de todos modos». Y todavía meciéndose, mientras él la miraba, pensó: «Papá Laurel lo habría invitado a cazar conejos en la huerta».

Antes de la media noche la tormenta arreció. La otra había rodado la silla hasta el mecedor y las dos mujeres permanecían silenciosas, inmóviles, contemplando al hombre que se secaba junto a la lámpara. Una rama suelta del almendro vecino golpeó varias veces contra la ventana sin ajustar y el aire de la sala se humedeció, invadido por una bocanada de intemperie. Ella sintió en el rostro la cortante orilla de la granizada, pero no se movió, hasta cuando vio qué el hombre escurrió en el vaso la última gota de menta. Le pareció que había algo simbólico en aquel espectáculo. Y entonces se acordó de papá Laurel, peleando solo, atrincherado en el corral, tumbando soldados del gobierno con una escopeta de perdigones para golondrinas. Y se acordó de la carta que le escribió el coronel Aureliano Buendía y del título de capitán que papá Laurel rechazó, diciendo: «Díganle a Aureliano que esto no lo hice por la guerra, sino para evitar que esos salvajes se comieran mis conejos».

Fue como si en aquel recuerdo hubiera escanciado ella también la última gota de pasado que le quedaba en la casa.

—¿Hay algo más en el armario? —preguntó sombríamente.

Y la otra, con el mismo acento, con el mismo tono en que suponía que él no habría podido oírla, dijo:

—Nada más. Acuérdate que el lunes nos comimos el último puñado de habichuelas.

Y luego, temiendo que el hombre las hubiera oído, miraron de nuevo hasta la mesa pero sólo vieron la oscuridad, sin la mesa y el hombre. Sin embargo, ellas sabían que el hombre estaba ahí, invisible junto a la lámpara exhausta. Sabían que no abandonaría la casa mientras no acabara de llover, y que en la oscuridad la sala se había reducido de tal modo que no tenía nada de extraño que las hubiera oído.

MONÓLOGO DE ISABEL VIENDO LLOVER EN MACONDO

(1955)

El invierno se precipitó un domingo a la salida de misa. La noche del sábado había sido sofocante. Pero aún en la mañana del domingo no se pensaba que pudiera llover. Después de misa, antes de que las mujeres tuviéramos tiempo de encontrar el broche de las sombrillas, sopló un viento espeso y oscuro que barrió en una amplia vuelta redonda el polvo y la dura yesca de mayo. Alguien dijo junto a mí: «Es viento de agua». Y yo lo sabía desde antes. Desde cuando salimos al atrio y me sentí estremecida por la viscosa sensación en el vientre. Los hombres corrieron hacia las casas vecinas con una mano en el sombrero y un pañuelo en la otra, protegiéndose del viento y la polvareda. Entonces llovió. Y el cielo fue una sustancia gelatinosa y gris que aleteó a una cuarta de nuestras cabezas.

Durante el resto de la mañana mi madrastra y yo estuvimos sentadas junto al pasamano, alegres de que la lluvia revitalizara el romero y el nardo sedientos en las macetas después de siete meses de verano intenso, de polvo abrasante. Al mediodía cesó la reverberación de la tiera y un olor a suelo removido, a despierta y renovada vegetación, se confundió con el fresco y saludable olor de la lluvia en el romero. Mi padre dijo a la hora del almuerzo: «Cuando llueve en mayo es señal de que habrá buenas aguas». Sonriente, atravesada por el hilo luminoso de la nueva estación, mi madrastra le dijo: «Eso lo oíste en el sermón». Y mi padre sonrió. Y almorzó con buen apetito y hasta tuvo una entretenida digestión junto al pasamano, silencioso, con los ojos cerrados pero sin dormir, como para creer que soñaba despierto.

Llovió durante toda la tarde en un solo tono. En la intensidad uniforme y apacible se oía caer el agua como cuando se viaja toda la tarde en un tren. Pero sin que lo advirtiéramos, la lluvia estaba penetrando demasiado hondo en nuestros sentidos. En la madrugada del lunes, cuando cerramos la puerta para evitar el vientecillo cortante y helado que soplaba del patio, nuestros sentidos habían sido colmados por la lluvia. Y en la mañana del lunes los había rebasado. Mi madrastra y yo volvimos a contemplar el jardín. La tierra áspera y parda de mayo se había convertido durante la noche en una sustancia oscura y pastosa, parecida al jabón ordinario. Un chorro de agua comenzaba a correr por entre las macetas. «Creo que en toda la noche han tenido agua de sobra», dijo mi madrastra. Y yo advertí que había dejado de sonreír y que su regocijo del día anterior se había transformado en una seriedad laxa y tediosa. «Creo que sí –dije–. Será mejor que los guajiros las pongan en el corredor mientras escampa.» Y así lo hicieron, mientras la lluvia crecía como un árbol inmenso sobre los árboles. Mi padre ocupó el mismo sitio en que estuvo la tarde del domingo, pero no habló de la lluvia. Dijo: «Debe ser que anoche dormí mal, porque me ha amanecido doliendo el espinazo». Y estuvo allí sentado contra el pasamano, con los pies en una silla y la cabeza vuelta hacia el jardín vacío. Sólo al atardecer, después que se negó a almorzar, dijo: «Es como si no fuera a escampar nunca». Y yo me acordé de los meses de calor. Me acordé de agosto, de esas siestas largas y pasmadas en que nos echábamos a morir bajo el peso de la hora, con la ropa pegada al cuerpo por el sudor, oyendo afuera el zumbido insistente y sordo de la hora sin transcurso. Vi las paredes lavadas, las junturas de la madera ensanchadas por el agua. Vi el jardincillo, vacío por primera vez, y el jazminero contra el muro, fiel al recuerdo de mi madre. Vi a mi padre sentado en el mecedor, recostadas en una almohada las vértebras doloridas, y los ojos tristes, perdidos en el laberinto de la lluvia. Me acordé de las noches de agosto, en cuyo silencio maravillado no se oye nada más que el ruido milenario que hace la Tierra girando en el eje oxidado y sin aceitar. Súbitamente me sentí sobrecogida por una agobiadora tristeza.

Llovió durante todo el lunes, como el domingo. Pero entonces parecía como si estuviera lloviendo de otro modo, porque algo distinto y amargo ocurría en mi corazón. Al atardecer dijo una voz junto a mi asiento: «Es aburridora esta lluvia». Sin que me volviera a mirar, reconocí la voz de Martín. Sabía que él estaba hablando en el asiento del lado, con la misma expresión fría y pasmada que no había variado ni siquiera después de esa sombría madrugada de diciembre en que empezó a ser mi esposo. Habían transcurrido cinco meses desde entonces. Ahora yo iba a tener un hijo. Y Martín estaba allí, a mi lado, diciendo que le aburría la lluvia. «Aburridora no

–dije–. Lo que me parece demasiado triste es el jardín vacío y esos pobres árboles que no pueden quitarse del patio.» Entonces me volví a mirarlo, y ya Martín no estaba allí. Era apenas una voz que me decía: «Por lo visto no piensa escampar nunca», y cuando miré hacia la voz sólo encontré la silla vacía.

El martes amaneció una vaca en el jardín. Parecía un promontorio de arcilla en su inmovilidad dura y rebelde, hundidas las pezuñas en el barro y la cabeza doblegada. Durante la mañana los guajiros trataron de ahuyentarla con palos y ladrillos. Pero la vaca permaneció imperturbable en el jardín, dura, inviolable, todavía las pezuñas hundidas en el barro y la enorme cabeza humillada por la lluvia. Los guajiros la acosaron hasta cuando la paciente tolerancia de mi padre vino en defensa suya: «Déjenla tranquila –dijo–. Ella se irá como vino».

Al atardecer del martes el agua apretaba y dolía como una mortaja en el corazón. El fresco de la primera mañana empezó a convertirse en una humedad caliente y pastosa. La temperatura no era fría ni caliente; era una temperatura de escalofrío. Los pies sudaban dentro de los zapatos. No se sabía qué era más desagradable, si la piel al descubierto o el contacto de la ropa en la piel. En la casa había cesado toda actividad. Nos sentamos en el corredor, pero ya no contemplábamos la lluvia como el primer día. Ya no la sentíamos caer. Ya no veíamos sino el contorno de los árboles en la niebla, en un atardecer triste y desolado que dejaba en los labios el mismo sabor con que se despierta después de haber soñado con una persona desconocida. Yo sabía que era martes y me acordaba de las mellizas de San Jerónimo, de las niñas ciegas que todas las semanas vienen a la casa a decirnos canciones simples, entristecidas por el amargo y desamparado prodigio de sus voces. Por encima de la lluvia yo oía la cancioncilla de las mellizas ciegas y las imaginaba en su casa, acuclilladas, aguardando a que cesara la lluvia para salir a cantar. Aquel día no llegarían las mellizas de San Jerónimo, pensaba yo, ni la pordiosera estaría en el corredor después de la siesta, pidiendo, como todos los martes, la eterna ramita de toronjil.

Ese día perdimos el orden de las comidas. Mi madrastra sirvió a la hora de la siesta un plato de sopa simple y un pedazo de pan rancio. Pero en realidad no comíamos desde el atardecer del lunes y creo que desde entonces dejamos de pensar. Estábamos paralizados, narcotizados por la lluvia, entregados al derrumbamiento de la naturaleza en una actitud pacífica y resignada. Sólo la vaca se movió en la tarde. De pronto, un profundo rumor sacudió sus entrañas y las pezuñas se hundieron en el barro con mayor fuerza. Luego permaneció inmóvil durante media hora, como si ya estuviera muerta, pero no pudiera caer porque se lo impedía la costumbre de estar viva, el hábito de estar en una misma posición bajo la lluvia, hasta cuando la costumbre fue más débil que el cuerpo. Entonces dobló las patas delanteras (levantadas todavía en un último esfuerzo agónico las ancas brillantes y oscuras), hundió el babeante hocico en el lodazal y se rindió por fin al peso de su propia materia en una silenciosa, gradual y digna ceremonia de total derrumbamiento. «Hasta ahí llegó», dijo alguien a mis espaldas. Y yo me volví a mirar y vi en el umbral a la pordiosera de los martes que venía a través de la tormenta a pedir la ramita de toronjil.

Tal vez el miércoles me habría acostumbrado a ese ambiente sobrecogedor si al llegar a la sala no hubiera encontrado la mesa recostada contra la pared, los muebles amontonados encima de ella, y del otro lado, en un parapeto improvisado durante la noche, los baúles y las cajas con los utensilios domésticos. El espectáculo me produjo una terrible sensación de vacío. Algo había sucedido durante la noche. La casa estaba en desorden; los guajiros sin camisa y descalzos, con los pantalones enrollados hasta las rodillas, transportaban los muebles al comedor. En la expresión de los hombres, en la misma diligencia con que trabajaban se advertía la crueldad de la frustrada rebeldía, de la forzosa y humillante inferioridad bajo la lluvia. Yo me movía sin dirección, sin voluntad. Me sentía convertida en una pradera desolada, sembrada de algas y líquenes, de hongos viscosos y blandos, fecundada por la repugnante flora de la humedad y las tinieblas. Yo estaba en la sala contemplando el desierto espectáculo de los muebles amontonados cuando oí la voz de mi madrastra en el cuarto, advirtiéndome que podía contraer una pulmonía. Sólo entonces caí en la cuenta de que el agua me daba a los tobillos, de que la casa estaba inundada, cubierto el piso por una gruesa superficie de agua viscosa y muerta.

Al mediodía del miércoles no había acabado de amanecer. Y antes de las tres de la tarde la noche había entrado de lleno, anticipada y enfermiza, con el mismo lento y monótono y despiadado ritmo de la lluvia en el patio. Fue un crepúsculo prematuro, suave y lúgubre, que creció en medio del silencio de los guajiros que se acuclillaron en las sillas, contra las paredes, rendidos e impotentes ante el disturbio de la naturaleza. Entonces fue cuando empezaron a llegar noticias de la calle. Nadie las traía a la casa. Simplemente llegaban, precisas, individualizadas, como conducidas por el barro líquido que corría por las calles y arrastraba objetos domésticos, cosas y cosas; destrozos de una remota catástrofe, escombros y animales muertos. Hechos ocurridos el domingo, cuando todavía la lluvia era el anuncio de una estación providencial, tardaron dos días en conocerse en la casa. Y el miércoles llegaron las noticias, como empujadas por el propio dinamismo interior de la tormenta. Se supo entonces que la iglesia estaba inundada y se esperaba su derrumbamiento. Alguien que no tenía por qué saberlo, dijo esa noche: «El tren no puede pasar el puente desde el lunes. Parece que el río se llevó los rieles». Y se supo que una mujer enferma había desaparecido de su lecho y había sido encontrada esa tarde flotando en el patio.

Aterrorizada, poseída por el espanto y el diluvio, me senté en el mecedor con las piernas encogidas y los ojos fijos en la oscuridad húmeda y llena de turbios presentimientos. Mi madrastra apareció en el vano de la puerta, con la lámpara en alto y la cabeza erguida. Parecía un fantasma familiar ante el cual yo no sentía sobresalto alguno porque yo misma participaba de su condición sobrenatural. Vino hasta donde yo estaba. Aún mantenía la cabeza erguida y la lámpara en alto, y chapaleaba en el agua del corredor. «Ahora tenemos que rezar», dijo. Y yo vi su rostro seco y agrietado, como si acabara de abandonar una sepultura o como si estuviera fabricada en una sustancia distinta de la humana. Estaba frente a mí, con el rosario en la mano, diciendo: «Ahora tenemos que rezar. El agua rompió las sepulturas y los pobrecitos muertos están flotando en el cementerio».

Tal vez había dormido un poco esa noche cuando desperté sobresaltada por un olor agrio y penetrante como el de los cuerpos en descomposición. Sacudí con fuerza a Martín, que roncaba a mi lado. «¿No lo sientes?», dije. Y él dijo: «¿Qué?». Y yo dije: «El olor. Deben ser los muertos que están flotando por las calles». Yo me sentía aterrorizada por aquella idea, pero Martín se volteó contra la pared y dijo con la voz ronca y dormida: «Son cosas tuyas. Las mujeres embarazadas siempre están con imaginaciones».

Al amanecer del jueves cesaron los olores, se perdió el sentido de las distancias. La noción del tiempo, trastornada desde el día anterior, desapareció por completo. Entones no hubo jueves. Lo que debía serlo fue una cosa física y gelatinosa que habría podido apartarse con las manos para asomarse al viernes. Allí no había hombres ni mujeres. Mi madrastra, mi padre, los guajiros eran cuerpos adiposos e improbables que se movían en el tremedal del invierno. Mi padre me dijo: «No se mueva de aquí hasta cuando no le diga qué se hace», y su voz era lejana e indirecta y no parecía percibirse con los oídos sino con el tacto, que era el único sentido que permanecía en actividad.

Pero mi padre no volvió: se extravió en el tiempo. Así que cuando llegó la noche llamé a mi madrastra para decirle que me acompañara al dormitorio. Tuve un sueño pacífico, sereno, que se prolongó a lo largo de toda la noche. Al día siguiente la atmósfera seguía igual, sin color, sin olor, sin temperatura. Tan pronto como desperté salté a un asiento y permanecí inmóvil, porque algo me indicaba que todavía una zona de mi conciencia no había despertado por completo. Entonces oí el pito del tren. El pito prolongado y triste del tren fugándose de la tormenta. «Debe haber escampado en alguna parte», pensé; y una voz a mis espaldas pareció responder a mi pensamiento: «Dónde...», dijo. «¿Quién está ahí?», dije yo, mirando. Y vi a mi madrastra con un brazo largo y escuálido hacia la pared. «Soy yo», dijo. Y yo le dije: «¿Los oyes?». Y ella dijo que sí, que tal vez habría escampado en los alrededores y habían reparado las líneas. Luego me entregó una bandeja con el desayuno humeante. Aquello olía a salsa de ajo y a manteca hervida. Era un plato de sopa. Desconcertada le pregunté a mi madrastra por la hora. Y ella, calmadamente, con una voz que sabía a postrada resignación, dijo: «Deben ser las dos y media, más o menos. El tren no lleva retraso después de todo». Yo dije: «¡Las dos y media! ¡Cómo hice para dormir tanto!». Y ella dijo: «No has dormido mucho. A lo sumo serán las tres». Y yo, temblando, sintiendo resbalar el plato entre mis manos: «Las dos y media del viernes...», dije. Y ella, monstruosamente tranquila: «Las dos y media del jueves, hija. Todavía las dos y media del jueves».

No sé cuánto tiempo estuve hundida en aquel sonambulismo en que los sentidos perdieron su valor. Sólo sé que después de muchas horas incontables oí una voz en la pieza vecina. Una voz que decía: «Ahora puedes rodar la cama para ese lado». Era una voz fatigada, pero no voz de enfermo, sino de convaleciente. Después oí el ruido de los ladrillos en el agua. Permanecí rígida antes de darme cuenta de que me encontraba en posición horizontal. Entonces sentí el vacío inmenso. Sentí el trepidante y violento silencio de la casa, la inmovilidad increíble que afectaba todas las cosas. Y súbitamente sentí el corazón convertido en una piedra helada. «Estoy muerta –pensé–. Dios. Estoy muerta.» Di un salto en la cama. Grité: «¡Ada, Ada!». La voz desabrida de Martín me respondió desde el otro lado: «No pueden oírte porque ya están afuera». Sólo entones me di cuenta de que había escampado y de que en torno a nosotros se extendía un silencio, una tranquilidad, una beatitud misteriosa y profunda; un estado perfecto que debía ser muy parecido a la muerte. Después se oyeron pisadas en el corredor. Se oyó una voz clara y completamente viva. Luego un vientecito fresco sacudió la hoja de la puerta, hizo crujir la cerradura, y un cuerpo sólido y momentáneo, como una fruta madura, cayó profundamente en la alberca del patio. Algo en el aire denunciaba la presencia de una persona invisible que sonreía en la oscuridad. «Dios mío –pensé entonces, confundida por el trastorno del tiempo–. Ahora no me sorprendería de que me llamaran para asistir a la misa del domingo pasado.»